그리울

홍영감

그리울

홍영감

황훈 소설

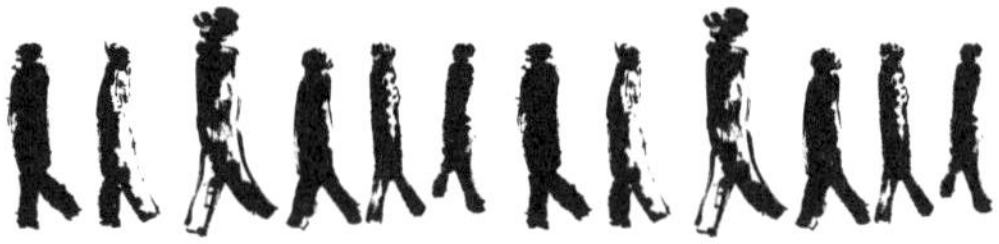

차 례

귀향 歸鄉

2012년 가을

아버지가 눈을 감자, 상조회사 직원이라고 하는 사람들이 요양병원에 들어섰다. 그들은 요양병원 근처에 있는 장례식장을 잡고 일사불란하게 조문객 맞을 준비를 마쳤다. 장례는 이틀 장으로 치러질 거라 했다. 그 말이 동하에겐 들리지 않았다. 피붙이 하나 없는 자신을 이 험한 세상에 내던지고 간 아버지가 원망스러울 뿐이었다.

그건 그렇다 치더라도 저 웃는 사진을 아버지는 언제 찍었단 말인가! 또 뭐가 그리 좋다고 몇 안 남은 누런 이까지 드러내놓고 있단 말인가!

그 영정사진 앞에서 동하는 상조회사 직원들이 시키는 대로 오는 조문객들을 맞이하였다.

아버지 살아생전, 동하가 이처럼 아버지 얼굴을 찬찬히, 꼼꼼히 뜯어본 적은 없었다.

째깍째깍, 벽시계가 새벽 2시를 가리켰다.

이제 아무도 없다. 몇 시간 전까지만 해도 사람들의 왕래가 잦았었다. 건장한 체격에 검은 양복을 걸친 이들도, 구부정한 허리에 허름한 옷차림을 한 이들도, 수녀복 차림을 한 이들도 다녀갔었다. 죄다 좋은 얘기와 이해가 안 되는 말만 해댔다. 사나이는 큰 슬픔이 닥쳐와도 이겨낼 줄 알아야 한다, 나이가 들면 사람은 다 자연으로 돌아가는 것이다, 하늘나라에서 아버지가 지켜봐 주실 거라는 둥.

내일은 목포로 내려가야 한다. 아버지가 당신을 뿌려달라고 한 목포 앞 바닷가. 거친 숨소리를 내뱉으면서까지 아버지는 고향 앞 바닷가에서 너울을 벗 삼아 떠다니고 싶다고 했다. 그리고는 한마디 덧붙였다. 목포에 가면 누군가를 찾으라고.

누군가 흔들어 깨웠다. 하지만 동하는 바로 털고 일어나지 못했다. 앉은 채로 눈만 비벼댈 뿐이었다. 한참 후 퉁퉁 부은 눈을 게슴츠레 뜨고 벽시계를 쳐다봤다. 5시가 채 되지 않았다. 주위로 시선을 돌렸다. 이른 시간에 맞지 않게 상조회사 직원들은 무척 부산해 보였다. 자신의 친척이라도 되는 양.

대기 시간을 단축하기 위해선 날이 밝기 전에 출발해야 한다고 했다. 뭘 하기 위해 대기한다는 건데요? 화장(火葬)하기 위해. 누구를요? 너의 아버지를.

장례식장에서 한 시간여를 달린 버스는 서울 근교에 있는 한 화장장에 도착했다. 이른 아침에 출발하고서도 그곳에서 한 시간여를 더 대기해야 했다. 그리고 난 후에야 아버지 차례가 돌아왔다.

소위 화구(火口)라고 불리는, 불구덩이에 들어간 지 세 시간여 만에 아버지는 다시 돌아왔다, 재가 되어. 허연 실루엣처럼 여기저기 흩어져있는 아버지를 화장장 직원은 손짓으로 동하에게 확인시켜준 다음, 다음 수순에 따라 아버지를 정성스레 한데 모은 뒤 유골함에 넣었다.

버스는 더이상 따르지 않았다. 대신 조그마한 차 한 대가 제공되었다. 목포로 가는 사람이 동하 자신밖에 없었으니 상조회사에선 승용차로도 충분하다고 생각한 모양이다. 아버지의 유골함을 가슴에 안은 채 동하는 차 뒷좌석에 앉았다. 창문 너머론 누르스름한 가을 풍경이 펼쳐졌고, 햇살은 눈이 부실 만큼 따가웠다. 생각하고 싶지 않은 일들, 아버지와의 추억이 주마등처럼 스쳐 지나갔다.

목포에 도착하기 전 아버지가 남겨주고 간 핸드폰으로 전화를 걸었다. 1번을 꾹, 누르자 쉰 목소리의 사내가 전화를 받았다. 동하는 아버지가 얘기해 전화 드린 거라 했다. 그러자 그는 목포항 초입에 있는 '연안슈퍼'를 찾아오라고 했다.

얘기로만 들었던 아버지의 고향, 목포. 목포 앞바다가 낯설기도 했지만 특유의 비릿한 냄새가 동하는 싫었다. 아니다, 어찌 보면 틈만 나면 늘어놓았던 아버지의 그 바다 얘기가 싫었는지도 모른다.

"네가 동하구나."

"네."

"오느라 고생 많았다. 난 네 아버지 친구 되는 사람이다."

'아버지 친구? 그럼 아저씨라 불러야 되나?'

아니다. 아버지도 그랬듯이 아저씨라 부르기엔 너무 늙었다. 살은 흘러내려 주름졌고, 볼은 동하 자신의 손이 쏙 들어갈 만큼 움푹 패었다. 거기에 흰머리까지 덥수룩해 누가 봐도 그냥 할아버지가 맞다.

그런 자신을 눈치챘던 것일까, 그가 웃으며 한마디 던졌다.

"얘야, 그냥 아저씨라고 부르면 된다."

'아저씨? 그게 아닌데……'

썩 내키지 않았지만 그렇게 일방적으로 아버지 친구는 아저씨가 되었다.

자신을 따르라 했다. 그런데 왜 또 이 아저씨는 볼썽사납게 오른쪽 다리를 쩔뚝거리는지.

배들이 정박해 있는 항 끝에 둘은 도착했다. 여전히 유골함을 가슴에 안은 채 동하는 배에 올라탔다. 배는 작았고, 이곳저곳 페인트가 벗겨져 나간 곳도 많았지만 그럭저럭 배다운 모양새는 갖추고 있었다.

낡아빠진 엔진에 시동을 걸고 아저씨는 어딘가를 향해 배를 몰았다. 파도는 잔잔했다. 하지만 배가 속도를 내자 이물에 부딪친 바닷물은 소낙비처럼 배 안으로 쏟아졌다. 그 물은 동하의 마음만큼이나 차갑고 무거웠다.

삼십여 분을 달린 배는 목포항에서 조금 떨어진, 바다 한복판에 멈춰 섰다. 아저씨는 이쯤이라고 했다. 작년 겨울에 아버지가 내려왔을 때 함께 했던 곳이. 동하는 어이가 없었다. 죽기 전에 함께한 곳이 바다 한복판이라니.

한 줌 재가 돼 유골함에 담긴 아버지를 동하는 바다에 흩뿌렸다. 아버지가 왜소했던 탓일까, 아버지는 자신의 작은 손에도 채 몇 줌 되지 않았다.

아버지를 다 뿌리고 나자, 아저씨는 가져온 국그릇에 소주를 가득 담아 오른손으로 세 바퀴를 돌리더니 바다에 들이부었다. 아버지가 젊었을 때 꽤나 즐겼던 술을 부어주고 싶었는데 그 술이 아니라서 아쉽다고 하면서. 그러곤 다시 국그릇에 소주를 가득 담아 이번엔 자신이 들이켰다.

술로 메마른 입술을 적신 후 아저씨는 입술 새에 담배 한 개비를 끼워 넣었다. 불은, 어디에서 구했는지 그 흔한 라이터가 아닌 성냥으로 켜, 담배 끝에 붙인 다음 길게 한 모금 빨아들였다. 하지만 이내 콜록콜록 대며 연기를 내뿜고 말았다. 안 피운 지 십 년도 넘었는데 망할 놈의 친구 놈 때문에 다시 피우게 됐다고 구시렁대면서 말이다.

　그도 잠시, 어린 애 앞에서 별소리를 다했다는 듯 무안한지 머리를 긁적대며 동하에게 묻는 것이다

　"얘야?"

　"네."

　"혹시 네 아버지에게 들은 얘기가 있니?"

　"뭘요?"

　"네 아버지가 살아온 얘기 말이다."

　"아니요."

　"그러겠지. 그런 얘기를 할 사람은 아니었으니까……"

마도로스

🌑 1970년 여름

"어이, 젊은이!"

"네."

"보아하니, 신입 같은데."

"네, 입사한 지 이틀밖에 안 됐습니다."

"고작 이틀? 이름은?"

"홍창수라고 합니다!"

"체격은 좀 작아 보이긴 해도 다부지게는 생겼구만. 아무튼 잘 나가는 회사에 들어왔으니 한번 열심히 일해 보게."

"네, 알겠습니다!"

누군가 귀띔해주었다. 이 회사를 책임지고 운영한다고 해도 과언이 아닐 만큼 실세라 했다. 그는 다름 아닌 공장장이었다. 초면에 외모는 당황스러울 만큼 우락부락했다. 하지만 말하는 폼은 그가 인자한 사람일 수도 있다는 느낌을 창수에게 주었다.

군 제대 후 부모도 없거니와 이렇다 할 집안 배경도 없는 창수가 이 양조회사에 취직할 수 있었던 건 행운이었다. 친구, 범석의 아 버지를 통해서였다. 착실하게 일만 하면 먹고사는 데는 지장이 없 을 거라 했다. 그때 창수 나이 스물 셋이었다.

삼학양조주식회사. 회사명이 보여주듯 목포에 있는 삼학도라는 섬 명을 따온 소주 회사였다. 삼학은 자사가 생산하는 소주에 대한 자부심이 강했다.

소주의 주원료인 주정, 물뿐만 아니라 제조 공정 자체가 다르기 때문에 소주 맛이 타사와 비교도 안 될 만큼 뛰어나다고 열을 올리 며 홍보하고 있었다. 기실 삼학은 고구마를 주원료로 한 주정과 유 달산 자락에서 흘러나오는 물, 그리고 자사가 개발한 독특한 첨가 물을 섞어 만든 희석식 소주[1]를 만들어내, 애주가들의 구미를 한껏 끌어당기고 있었다.

소주를 많이들 찾는다[2]고 생각했지만 이 정도일까 싶을 정도로 삼학소주의 매출양은 하늘 높은 줄 모르고 치솟았다. 그와 비례해

---

1 소주의 원료는 주정과 물, 첨가물이다. 이 세 가지의 품질에 따라 맛은 천차만별 이다. 물은 소주의 75%를 차지하기 때문에 소주 맛을 내는 매우 중요한 지표가 된다.

2 1965년부터는 정부의 양곡정책으로 쌀이나 보리 등의 곡물을 술의 원료로 쓸 수 없게 되어 희석식 소주가 대량 공급되었다. 서민들은 소주를 주로 마시게 되었으 며, 점차 경제수준이 높아지면서 각종 행사에 술을 내놓은 일이 관례가 되었다.

직원 수도 꾸준히 늘어만 갔다.

당시 목포 호남동에 위치했던 삼학양조주식회사는 꽤 컸다. 술을 제조하는 공장과 술병에 상표를 붙이는 창고가 함께 붙어있는 구조로 이루어져 있었는데, 술을 제조하는 공장은 회사에 들어온 지 꽤 오래된 숙련공들의 차지였고, 상표를 붙이는 공장은 관리 감독자와 일을 가르쳐주는 일부 고참들을 빼면 모두 신참이었다.

창수에게도 다른 신참들과 마찬가지로 양각으로 '삼학(三鶴)'이란 두 글자가 새겨진 술병에 상표 붙이는 일이 주어졌다. 술병에 상표나 붙이는 하찮은 일이 주었다고 불평하는 이들도 있었지만, 창수는 이것도 나름 소주를 만들어내는 제조과정에 참여하는 것이라고 생각하며 뿌듯해했다.

한여름. 천장에서는 대형선풍기가 다섯 대나 돌아가고 있었다. 하지만 더위와 노동이 뒤섞여 비 오듯 흘러내리는 땀을 막기엔 역부족이었다. 그렇다고 그 땀이 창수에게 고통이었느냐? 아니었다. 그것 또한 창수에겐 기쁨이었다. 창수의 장기적인 계획은 이러했나. 모진 고충이 있더라도 이곳에서 굳건히 버텨내 남부럽지 않게 잘살아보겠다고.

🌑 1972년 겨울

회사에 입사한 지 이 년이 넘어서자, 여기저기서 뒤숭숭한 얘기들이 떠돌기 시작했다. 창수가 모르는, 몇 년 전 메탄올 파동[3]으로 회사가 휘청거렸을 때와는 차원이 다르다는 말들이었다. 이대로 회사가 망할 수도 있다는 흉흉한 소문이 내부 깊숙이 퍼져 나가고 있었던 것이다.

무슨 일인지 이른 아침부터 직원 넷이 난로 주위에 모여 있었다. 긴 침묵을 깨고 한 직원이 심각한 표정을 지으며 먼저 말을 꺼냈다.

"결국 사장이 구속됐다고 하구만."

그러자 다른 한명도 자신이 아는 게 있다는 듯 "탈세 혐의라고 안 하요" 하는 것이다. 이에 또 다른 한명이 영 납득이 안 된다는 듯 붉으락푸르락한 표정을 지으며,

"그람, 사장이 세금으로 낼 돈을 안 내고 뒷주머니를 찼단 말이여? 난 절대 아니라고 보는구만. 저번에 뭐시여, 그래 우리 회사 체육행사 때 처음으로 내가 사장을 보긴 혔지만 전혀 그럴 사람으론 안 보이던디. ……내가 보기엔 정치 보복이여. 자네들은 알란가 모르겠지만 지난번 대통령 선거 때 우리 사장이 여기 출신 후보를 금전적으로 밀었다는 얘기가 암암리에 돌았고 그걸 빌미로 정보분[4]가 뭔가 하는 기관이 계속혀서 사장을 불러들였잖여, 사실대로 자백허라고. 그러니 사장이 버틸 재간이 있겄어. 결국 그 추궁을 못

---

3 당시 보건사회부(보사부)가 인체에 해로운 메탄올이 법정허용량보다 많이 검출되었다고 하여 시중에 판매중이던 삼학소주 등을 모두 수거하여 폐기토록 함.

4 중앙정보부(1961.5~1981.4) : 국내외 정보 수집뿐만 아니라 내란죄 등 범죄수사를 담당하는 한편, 반정부세력에 대한 감시.통제 기능을 수행.

이겨 사장이 거짓 자백을 헌 것이고. 근디 그 놈들이 그걸로 사장을 잡아들이기가 그 뭐시여, 그래 명분이 안 서 탈세니 뭐니 허는 죄를 덮어씌워 잡아들인 거여. 말이 나와서 말인디, 참 기도 안 차서. 자네들 신문에 실린 기사들 봤어? 우리 회사가 술 탱크에 담긴 술을 판 뒤, 그 술 탱크에 물을 채워 술이 안 팔리는 것처럼 위장허고, 납세필증도 위조혀서 사용해 탈세혔다고 하든디, 그게 말이나 되느냐고!" 하며, 누군가는 이 얘기를 꼭 들어야만 한다는 듯 입에 게거품을 물며 일장연설을 늘어놓는 것이다.

"그나저나 큰일이구만. 회사 망하면 여기서 벌어 식솔들 건사하는 우린 앞으로 어쩌란 말인지. 참으로 난감하구만."

"그래도 사장 친척 중에 현직 검사가 있다고 허니께, 좋은 쪽으로 어찌 되지 않겠어?"

"뭔 소리여? 현직검사라고 다 검사가 아니여. 최소한 지방은 아니어야 허고 저기 거시기, 뭐여. 그래, 서울. 서울 검찰청에 있는 부장검사가 뭔가 허는 자리 정도는 꿰차고 있어야 헌다고 하드만."

"암튼 그만들 하세. 우리가 떠들어댄다고 잡혀간 사장이 돌아올 일은 없을 것이고. 우린 아무 일 없길 바라며 일들이나 시작함세."

창수는 그 대화에 끼어들지 않았다. 그들의 얘기 또한 귀에 들어오지 않았다. 우두커니 서서, 회사가 당장 망할 수도 있다는 불길함에 휩싸여 넋을 놓고 있었던 것이다. 어렵사리 취직해 애사심이 꽤 커져 있던 터라 다른 직원들처럼 난감하긴 창수도 마찬가지였다. 물론 지금까지 받은 월급을 차곡차곡 모아 조그마한 집 한 채는 마련했다. 하지만 회사가 정말 이대로 망한다면 앞으로 뭘 해서 먹고살아야 할지 막막하기 그지없었다. 기실 회사를 떠나면 창수도 다른 회사 동료들처럼 마땅히 갈 곳이 없었다.

1973년 가을

우려가 현실이 된다고 했던가? 결국, 삼학양조주식회사는 문을 닫아야만 했다. 모 일간지에 소양소주가 소양강에 빠져 사라졌다면 삼학소주는 목포 앞바다에 빠져 완전히 사라졌다는 기사가 실렸다. 그걸 창수는 뚫어져라 쳐다만 봤다.

삼학소주가 목포에선 이미 서민들의 입맛을 장악하고 있었고, 더 나아가 전국적으로 판매되고 있었던 터라 부도가 났다는 상황이 창수는 믿기지 않았다. 직원들도 회사 몰락이 믿기 어려웠던지, 아님 믿고 싶지 않았던 것인지 삼삼오오 모여 안타까움과 탄식이 배어나는 말들만 뱉어내고 있었다. 직원들 대부분은 회사가 정치에 휘말려 망하게 됐다고 정부를 원망하기도 했지만, 일부 직원들의 입에선 비난의 소리도 흘러나왔다. 이놈의 회사가 언젠가는 꼭 이리될 줄 알았다고 하면서.

회사가 문을 닫게 되자, 창수는 근 3개월 동안 하는 일 없이 빈둥대며 시간만 때우고 있었다. 그러던 차에 중학교 동창 친구 놈에게

서 자신과 함께 건어물시장에서 일 해보는 게 어떻겠냐는 제안이 들어왔다. 하지만 창수는 생선비린내가 싫었다. 아니 더 자세히 얘기하자면 어릴 적 생선을 먹다 목에 가시가 걸려 호되게 고생한 경험이 있었던 터라 생선 그 자체가 싫었던 것이다. 하지만 부족하지 않게 돈을 쳐주겠다는 친구 놈의 사탕발림에 창수는 그리하겠노라고 덜컥 약속해버렸다.

친구 놈은 창수가 해야 할 일이 이곳저곳에서 주문이 들어오면 건어물을 가져다주는, 배달이라고 했다. 거기에 한마디 덧붙였는데. 배달을 다닐 때 조심해야 한다고 했다. 더 자세히 얘기해보라고 하자, 이곳에선 상인들 간에 영역 싸움이 잦다는 것인데 이상하게도 정작 싸움을 하는 이들은 상인들이 아닌 지역 조폭이라는 거였다. 상인들이 각자 자기 구역- 자신들이 자기 구역이라고 우기는 것에 불과하지만-에 다른 상인들이 발을 들여놓지 못하도록 조폭들에게 뒷돈을 대주고 자신들의 구역을 관리하며 장사를 한다는 것이었다. 특히 돈 많은 상인들은 힘 꽤나 쓴다는 조폭들을 끌어들여 번화가인 시내 중심지 상가와 그곳과 근접한 주택가를 자기 구역이라고 우기고 있다는 것인데. 거기에 더해 그 상인들에게 돈을 대주는 이들도 따로 있다는 것이었다.

오래전 이 건어물시장에 큰불이 난 적이 있었다고 한다. 그때 적절하게 보상을 받지 못한 토박이 상인들은 어디론가 떠나버렸고, 지금 여기 점포는 돈 많은 외지인들이 차지하게 됐다는 것이다. 그 외지인들은 바지사장격인 상인들을 고용해, 그들에게 월급을 줘가면서 시장 상가를 운영했다는 것인데, 그 상인들은 건어물을 많이 팔려고 용 꽤나 썼다고 한다. 그건 매출 실적이 좋아지면 가게주의 수입이 늘어나 자신들의 월급도 덩달아 올랐고, 거기에 더해 계속해서 장사를 할 수 있는 일석이조의 혜택을 누릴 수 있기 때문이라는 거였다.

이 대목에 대해 창수는 친구 놈에게 추가적으로 물었다. 그에, 친구 놈이 내놓은 답은 간단했다, 돈이 없어 그렇게 할 수 없다고. 그럼 너는 지금 어떻게 하고 있냐고 다시 물었다. 그러자 그 상인들이 자신의 구역이라고 우기는 곳보다 더 먼 곳, 그러니까 시내가 아닌 변두리 쪽 가게와 주택가에 주문을 받고 건어물을 넘긴다는 것이었다. 현재로선 그게 자신이 선택한 최선의 방책이라고 하면서.

당시 창수는 상인들과 조폭과의 관계에 대한 친구 놈의 얘기를 대수롭지 않게 생각해, 한 귀로 듣고 한 귀로 흘려버렸다.

그러던 어느 날, 그 친구 놈의 얘기와 비슷한 상황이 벌어지고 만 것이다.

여느 때와 마찬가지로 창수는 배달을 위해 후미진 골목에 들어서고 있었다. 그런데 뜻하지 않은 불청객을 만나고 말았다. 껄렁껄렁한 걸음걸이와 그들이 청소 한번 안 했을 신성한 길바닥에 침을 찍찍, 내뱉는 걸로 봐서 조폭임이 분명했다. 그들이 점점 가까워지는 것과 비례해 창수의 마른 침 넘기기도 바빠졌다. 허나 웬일, 점점 형상이 또렷해지는 그들을 보니 뛰룩뛰룩 살만 쪘지, 키가 땅딸막한 게 잘 봐줘야 고삐리 정도로밖에 안 보였다. 당시 이런 고삐리들이 목포에선 흔했는데, 그들은 어디 유명한 무슨 무슨 파에 속해 있다든지 아님 누구나 알만한 누구누구 밑에서 일한다고 똥폼 꽤나 잡고 떠들어대며 동네 구석구석을 쑤시고 다니는 놈들- 지역에 선 그들을 양아치라고 칭하였다-이었다. 그걸 창수가 모르는 바는 아니었다.

그렇다고 얕잡아 볼 수만은 없었다. 일단 더러운 똥은 피하는 게 상책이라고 창수는 골목길 벽면으로 자전거를 바짝 붙여, 아름다운 한 마리의 학인 양 일자대형으로 골목길을 막아서고 있는 그 어린 양아치 떼를 피해, 가던 길을 재촉했다.

하지만 불길한 예감은 틀리지 않는 법. 그때를 놓칠세라 바로 한 놈이 뒤돌아섰고 옆으로 찢어진 것도 부족해 앞으로 툭 튀어나온 입으로, 나이에 전혀 어울릴 것 같지 않은 쫀득쫀득한 욕설을 쏟아내기 시작했다.

"야 너, 거기 서 봐! 저 개새가 여가 누구 나와바린지도 모르고 물건을 퍼 나르고 지랄은 지랄이야!" 하며 큰소리치자, 덩달아 옆에 있던 놈도 "그렇게 말입니다요, 형님. 저 개새가 이 바닥을 몰라도 한참을 모르는 것 같습니다요. 저런 것들은 아주 피똥 싸게 맞아봐야 정신을 차리지라" 하며 큰소리친 놈에게 가진 알랑을 다 떨어대는 것이다. 형님이라고? 창수의 눈에는 알랑대는 놈이 겉늙어, 큰소리친 놈보다 더 형님으로 보이는데 말이다. 그건 그렇다 치더라도 저 놈 또한 말하는 본새는 어디서 배워먹었는지 혀를 굴려대는 솜씨가 보통이 아니다. 거기에 더해 알랑대는 놈은 좀 더 의기

양양한 폼으로 한마디 더 곁들였는데,

"형님 저 개새는 오늘 제가 제대로 손 좀 보겠습니다요!" 하는 것
이다.

"창수야?"

입에 술 한 잔을 털어 넣더니, 뜬금없게 범석이 창수를 부르는 것
이다.

둘은 이런저런 얘기를 나누며 포장마차에서 대포 한잔 걸치고 있
던 참이었다.

"왜?"

"니가 살짝 걱정돼서 하는 말인데……"

"뭐가?"

"만약에 말이다. 니가 이 동네를 돌아다니다가 양아치 같은 놈들
한테 걸리면……"

"걸리면 뭐?"

"뒤도 돌아보지 말고 튀어."

"튀라고? 근데 만약 튈 상황이 안 되면?"

"그땐 붙어야지."

"물불 안 가리는 그놈들하고 맞짱을 뜨라고?"

"쥐도 더 이상 빠져나갈 구멍이 없으면 고양이를 캭, 하고 문다고
하잖아. 일단 다른 놈들은 다 제쳐두고 그 무리에서 가장 대빵으로
보이는 놈하고 한판 하는 거야. 이 말은 그놈과 피 터지게 싸우라

는 얘기가 아니라, 순식간에 싸움을 끝내버리라는 뜻이지."

"그게 뭔데?"

"음…… 급소 가격. 복잡하게 생각할 것 없어. 냅다 그놈의 불알을 걷어차 버려. 그럼, 그놈은 반드시 앞으로 고꾸라질 거야. 그리고 그걸 본 다른 놈들은 지레 겁먹고 니한테 함부로 덤벼들지 못할거고. 특히 이 싸움은 어린놈들에게 약효가 뛰어나지. 거기에 더해 걸쭉한 욕까지 곁들이면 삼국지에 등장하는 장비도 부럽지 않은 것이지" 하며, 주위 사람들에게 무안할 만큼 크게 웃는 것이다.

이건 아니다 싶어 창수도 자전거를 세우고 뒤돌아섰다. 그런데 그들을 노려봐야 할 눈알이 자꾸 자신의 의지와는 상관없이 좌우로 요동치는 것이다. 눈알이야 지 멋대로 논다지만 맘만큼은 다잡아야 했다. 어금니를 꽉 깨물었다. 그리고 한번 내질렀다. "보자보자 하니까 마빡에 피도 안 마른 것들이 못하는 소리가 없네, 없어!"

그러자 알랑대는 놈이 "마빡에 피? 봐라, 봐, 개새야. 이 주름님은 내가 태어날 때 같이 탄생하시어 지금까지 여기를 떠나지 않고 안착해 계시는 분이시다" 하며 이마를 탁, 치더니, 벌렁 까 보이는 것이다.

이에 창수도 질세라, "야, 다 시끄럽고. 니들 중에 대빵 이리 나와" 하고 소리치자, 다시 알랑대는 놈이 "형님, 저 개새가 겁도 없이 형님을 나오라고 지껄이는데요" 하며 배를 잡고 킥킥거렸고, 그와 때를 맞춰 "아, 씨발, 저 개새가 관중도 없는 곳에서 꼭 사고를 치게 만드네이. 보는 눈도 여러 개 있고, 쌈박질이 끝나면 박수도 받을 만한 곳에서만 내가 한바탕하는 놈인디, 저 개새 때문에 이 후미진 골목에서 내 기량을 흠씬 발휘해야 한다고 생각하니 참 씁쓸하다, 씁쓸해. 그런디 어쩌겠어, 니가 부르시니 내가 나가줘야지" 하며, 형님이라고 불리는 큰소리친 놈이 팔자걸음에 어깨를 좌우로 흔들며 창수에게 다가서는 것이다. 그런 그를 보며 창수도 대응자세를 취하며 주먹을 불끈 움켜쥐었다.

"퍽!" 하는 소리와 "워메!" 하는 소리가 동시에 터져 나왔다. 그리고 일 초나 지났을까? 큰소리친 놈이 아무 저항도 없이 앞으로 픽, 하고 고꾸라졌고, 뒤이어 신음과 함께 한 치의 오차도 없이 좌우를 배분해 데굴데굴 구르기 시작했다. 그래도 입만은 살았던지 "저 개새가 비겁하게……불알을 차네……" 하는 것이다.

그 모습을 본 다른 놈들은 범석의 말처럼 창수에게 다가올 염도 못 내고, 창수 눈치를 슬슬 살피더니 불알을 잡고 신음하는 그들의 형님에게 슬그머니 다가가, 드럼통만 한 그를 간신히 부축해 뒷걸음질 치는 것이다. 그래도 그 형님에 그 동생들이라고 도망치면서까지도 한 발악했다.

"너 새끼! 오늘 재수 허벌나게 좋은 줄 알어. 만약 우리 형님 어떻게 되면 그때 너는 뒈질 줄 알어. 알아들었어? 이 개새야!"

"그래, 알아들었다. 씹새야!"

"와, 저 개새가 욕을 하네."

"개새는 욕 아니냐, 씹새야."

"아……저 개새를. 아…… 그냥……아, 미치겠네."

"야! 다 시끄럽고. 만약 니네 형님 불알 터지면 내 불알 줄 테니까 그땐 퍼뜩 튀어 와라이!"

1974년 겨울

"창수야! 큰일 났다."

허겁지겁 뛰어와 방문을 열어젖히며 범석이 내뱉는 말이다. 그런 범석을 보며,

"추우니까 얼른 문 닫고 들어와서 얘기해."

아궁이에 군불을 지펴도 영 방이 따뜻해지지 않다는 듯 창수는 온몸을 이불로 칭칭 동여맨 채 범석을 쳐다봤다.

"야, 서서 그렇게 멍때리지 말고 앉아서 얘기해봐. 무슨 일 때문에 그러는 건데?

"창수야………"

"말하라니까."

"죽은 것 같다."

"뭐가?"

"사람이……"

"뜬금없이 무슨 얘기야. 다짜고짜 사람이 죽었다고 그러게?"

"사실 그게 말이야……"

"야, 거기 가는 놈들 서봐. 어쭈, 야? 내 말 안 들리냐고!"

어둠이 깔린 가로수를 어슬렁거리던 한 무리 중 한 놈이 앞서가던 또 다른 무리를 향해 고래고래 소리를 내질렀다.

그 소리에 앞서가던 무리 중 한 놈이 몸을 비틀며, "초면에 너무 말이 거친 거 아닙니까?" 하자, "초면? 초면 좋아하네, 구면이다, 이 개새야!" 하며 막무가내로 욕을 해대는 것이다.

"그렇게 꼭 욕을 해야만 하겠습니까?"

"뭐, 그렇게 꼭 욕을 해야만 하겠습니까? 웃기고 있네. 계속할란다, 이 개새야."

"그만하고, 서로들 가던 길이나 계속 갑시다요."

"네, 알겠습니다……라고 할 줄 알았냐? 이 개새야. 퉤, 니들 오늘 나한테 다 뒈질 줄 알어." 그러더니, "야, 가자!" 하며 자신의 무리를 선동해 우르르 달려드는 것이다. 그 무리의 인원은 족히 열댓 명은 돼 보였다. 그렇게 그들은 범석이 끼어있는 무리에게 다짜고짜 패싸움을 걸어온 것이었다.

오범석.

범석은 목포에서 손가락 안에 들 정도로 부유한 집안에서 태어나 어릴 적부터 부족함이 없이 자랐다. 하지만 왜였는지 그는 부모의 감시망을 피해 중학교 때부터 일진으로 활동하고 있었다. 때문에 목포에서 그를 모르는 중고삐리들은 없었다.

그런 범석은 시간이 흐를수록 공부와 점점 더 벽을 쌓게 되었고, 대학까지 갔으면 하는 부모의 바람과는 달리 간신히 고등학교만 마친 상태였다. 그 후에도 범석은 달라지지 않았고 방황은 한층 더 강해졌다. 그러던 그를 눈여겨보는 이가 있었는데, 바로 목포 연안 파 보스였다. 그는 범석에게 슬슬 접근을 시도했고, 같이 일할 의향이 있는지를 물었다. 그때 창수는 기를 쓰고 범석을 말렸었다. 하지만 범석은 꺾이지 않았다. 다른 조폭들처럼 돈 때문에, 또 무슨 자리를 얻고자 조폭 세계에 범석이 몸담은 건 아니었다. 아버지에 대한 반항심의 표출이었다. 당시 범석의 아버지는 목포경찰서장이었다.

창수와 범석이 가까워진 계기가 있었다. 범석이 손을 먼저 내밀었다 할 수 있는데. 범석은 어느 날 창수가 자신의 부모로 인해 또래들에게 시쳇말로 왕따를 당하고 있는 걸 목격하게 되었다. 그런 창수를 범석은 측은하게 여겼고, 이후 아이들이 창수를 괴롭히는 일들이 있을 때마다 "야, 앞으로 창수 건드리다가 나한테 걸리는 놈들은 다 뒈져" 하며 협박성에 가까운 말을 내던졌고, "야, 창수 건드리지 말라고 했지, 퍽!" 주먹질까지 서슴지 않았다. 그런 범석이 창수는 고마웠고, 서서히 둘은 마음의 문까지 열며 가까워졌던 것이다.

창수 부모는 장애인이었다. 아버지는 청각 장애인, 어머니는 지적 장애인. 같은 동네에 살고 있던 양가 부모는 두 사람이 평범한 이들과 혼례를 치르기가 어렵다고 판단해, 서로를 짝으로 엮어주었다. 그렇게 둘이 살림을 차린 지 3년이 지날 무렵 어렵사리 얻은 자식이 다름 아닌 창수였던 것이다.

그런 창수가 커가며 싸우는 일이 잦아졌다. 하지만 단 한 번의 사건 이후로 창수는 다시는 주먹질을 하지 않았다.

그 단 한 번의 사건은, 자신의 부모에 대해 한 아이가 이러쿵저러쿵 씨부렁대는 걸 참지 못하고 창수가 그 애의 아가리에 주먹을 날린 일이었다.

예상했던 바이지만, 그날 저녁 그 애 부모는 창수 집으로 쳐들어왔고, 장애가 있는 부모 밑에서 애가 크다 보니 배운 게 고작 쌈박질이라고 하며, 어디다 주먹을 자랑하고 다니냐는 둥, 누울 자리를 보고 다리를 뻗어야지 하며 창수 부모에게 욕설을 마구마구 퍼부은 후 되돌아갔다.

그 욕설을 온전하게 듣고 이해한 이는 창수뿐이었다. 청각 장애가 있는 아버지는 무슨 얘기를 하는지, 아니 무슨 욕설을 퍼붓는지 몰랐고, 지적 장애가 있는 어머니는 그들이 욕을 하는 건지 큰소리를 치는 건지 구분하지 못했다. 그 장면을 올곧이 목격한 창수는 참다못해 결국 집 밖으로 뛰쳐나갔고, 동네 우물 안에 머리를 처박고 얼마나 울었는지 모른다. 앞으로는 다른 애들이 자신의 부모를 놀리더라도 모른 척하며 그냥 넘어가겠다고 다짐, 다짐하면서 말이다.

연안파와 신시가지파.

당시 목포에선 나름 전통을 자랑하는 연안파를 넘볼 조직은 없었다. 예전부터 어시장 근처, 그러니까 상인들이 즐비한 곳에서부터 출발한 연안파는 승승장구하며 지역에서 깊게 뿌리를 내리고 있었다. 반면 신시가지파는 근래에 시내 중심, 즉 번화가를 무대로 새롭게 형성된 조직이었다. 그런 신시가지파를, 넓은 세(勢)를 자랑하고 있었음에도 불구하고 연안파는 아무런 제재 없이 받아들여주었다. 그럼에도 신시가지파는 해서는 안 될 일을 스스럼없이 자행하고 있었다. 그건 연안파뿐만 아니라 타 조직들끼리도 암묵적으로 합의했던 사항으로, 일명 고삐리라고 일컫는 애들은 절대 조직원으로 받아들이지 말자는 약조였다. 그걸 아무렇지도 않게 신시가지파는 어겼고, 결국 고삐리들을 받아들여, 그들의 조직원으로 활동하게끔 만들었던 것이다. 그것만으로는 부족했던 것일까? 틈만 나면 그들의 라이벌 관계라고 생각한 연안파에게 패싸움을 걸었고, 거기에 더해 연안파 행동대장에 대해 열등감을 갖고 있던 신시가지파 행동대장은 언젠가는 그를 손봐주겠다고 공공연하게 떠들고 다녔던 것인데, 그 당사자가 다름 아닌 오범석이었다. 오늘 범석 무리에게 달려든 그들이 바로 신시가지파 행동대장과 그 똘마니들이었던 것이다.

두 무리의 간격이 지근거리가 되자 신시가지파 똘마니들은 등 뒤에 숨겨두었던 각목, 쇠파이프를 꺼내들었다.

순간, 범석 무리가 당황스러워 하는 것처럼 보이긴 했으나 이런 일들이 비일비재한 탓인지 네 명은 서로 등을 기댄 채 바로 싸움 자세를 취했다.

현장에 있던 인원수는 신시가지파가 많았다. 하지만 날렵함과 싸움 기술은 연안파인 범석 무리를 따라가지 못했다. 그렇다고 인원수가 원체 많은 신시가지파 똘마니들을 다 때려눕힌다는 것은 물리적으로 불가능한 터. 현장에서 신시가지파 똘마니들의 우두머리 격으로 보이는 놈을 잡아 족치기- 창수에게 알려줬던 바로 그 싸움 방식-로 서로의 눈빛을 교환하고, 범석이 먼저 우두머리 격으로 보이는 놈- 그가 바로 신시가지파 행동대장-에게 달려들었다. 그리고 나머지 세 명은 남은 신시가지파 똘마니들이 그들의 행동대장에게 다가가지 못하도록 막았다.

사고는 그때 터진 것이다. 범석에게 한 대 맞고 나자빠져 있던 신시가지파 행동대장이 궁지에 몰렸다고 생각했던지 안쪽 호주머니에 감춰두었던 식칼을 꺼내 들었다. 하지만 어릴 적 유도, 합기도 등으로 몸이 다져진 범석은, 식칼을 손에 쥐고 자신의 가슴팍으로 달려드는 신시가지파 행동대장의 팔을 잽싸게 꺾어 어깨에 둘러멘 다음 땅바닥으로 메쳤다.

바로 으윽, 하는 짧은 외마디가 터져나왔고, 신시가지파 행동대장 주위에 시커먼 먹물이 퍼져나가기 시작했다.

때를 같이해 멀리서 위옹위옹, 하는 소리가 들려왔고, 그 소리가 점점 가까워지자 범석 무리는 현장을 부리나케 빠져나온 것이었다.

범석의 얘기가 끝난 후, 무작정 둘은 밤기차를 탔다. 곯아떨어진 뒤 한참 만에 눈을 떴을 때 그들이 도착한 곳은 한 번도 와보지 않은, 친인척이라고는 아무도 없는 낯선 곳, 부산이었다. 역전(驛前) 탑시계는 새벽 세 시를 가리키고 있었다. 허허벌판에 내던져진 기분이었다. 일단 택시를 잡고 어디든지 가야 했다. 이 시간에 갈 만한 곳이 있느냐고 택시기사에게 물었다.

"그럼, 이쪽에서 좀 가야 되는 곳이긴 한데, 거기는 이 시간에도 사람들이 천지빼가리라예."

"천지빼가리……"

"아, 사람이 많다는 뜻입니더. 충무동이라고. 새벽시장이 열리는 곳인데, 괜찮은교?"

"네. 그리로 가주세요."

그렇게 둘은 택시를 타고 부산역을 벗어났다.

택시가 데려다준 곳은 해안도로를 따라 포장마차가 즐비했고, 삼삼오오 모인 사람들은 포장마차에서 술잔을 주거니 받거니 하며 회포를 풀고 있었다. 하지만 둘은 그들처럼, 그것도 낯선 곳에서, 그렇게 한가로이 술 한 잔 걸칠 상황이 아니라는 것쯤은 알고 있었다.

"범석아, 우리는 저기 보이는 다방에 들어가 차 한 잔 마시면서 대책을 이야기하는 게 나을 듯싶다."

"그래, 그렇게 하자."

둘은 가장 가까운 다방으로 향했다. 휘황찬란하게 간판이 번쩍거리는 외부와 달리 내부는 허름했고 사방이 담배 연기로 온통 뿌옜다. 젊은 아가씨의 안내로 둘은 소파에 앉았고 따뜻한 커피 두 잔을 시켰다. 그러곤 그 사건으로 인해 향후 닥쳐올지도 모를 일에 대해 논하기 시작했다.

그러다, 옆 테이블에 앉아 두 명의 아가씨들과 농담 따먹기를 하고 있는, 언뜻 봐도 오십은 넘어 보이는 한 중년 사내의 얘기를 엿듣게 되었다.

"이번 원양어선 조업은 대단했다, 그거야."

"그게 뭔데요? 얘기 좀 해주세용."

한 아가씨의 코맹맹이 소리에 그 중년 사내는 어깨를 한 번 더 으쓱대더니,

"그래? 듣고 싶어?"

하는 것이다. 그 말에 그들의 애인인 양, 둘은 그를 빤히 쳐다보며 고개를 끄덕거렸다.

"그럼, 내가 얘기해주지. 이번 조업 중에 말이야. 우리가 참치망을 건져 올리는 데 말이야."

"말이야만 하지 말고 그다음을 얘기해주세요!"

"그래? 듣고 싶어?"

"짜증나려고 하네요!"

"하하, 그럼 계속 얘기하지. 그게 말이야. 그물이 평소 때와는 확연히 다르게 묵직하더란 말이야. 그래서 속으로 이번엔 딴 때와 쫌 감이 다른데, 하고 생각하는데 말이야. 그때 말이야, 그물이 서서

히 모습을 드러내는데 말이야…… 와, 이건 참치와는 비교도 안 될 만큼 크고, 등이 거무튀튀한 놈이 꿈틀꿈틀 대더란 말이야. 그때, 나는 드디어 큰 거 한방 터졌구나, 생각하며 쾌재를 불렀지."

"그게 뭐였는데요?"

"그래? 듣고 싶어?"

"……"

"바로 밍크고래였지. 근데 정말 중요한 건 따로 있는데 말이야, 그게 뭐냐? 안 물어봐? 니네 듣고 싶지 않어?"

"……"

"그건 말이야. 밍크고래가 걸린 그 그물망을 던질 위치를 지정하는 사람이 누구냐는 것인데 말이야…… 그 사람이 바로 나란 말이지. 그러니 선원들이 나를 어떻게 생각하겠어? 존경의 눈으로 바라보지 않을 수가 없는 게지. 안 그러겠냐?"

그렇게 한참을 떠들어대고 난 후 중년 사내는 목이 말랐던지, 아님 의도적으로 한 템포 늦춰 다시 얘기하려 한 것인지 모르지만, 두 아가씨처럼 이미 식어버린 쌍화차를 벌컥벌컥 들이켰다.

그러곤 파이프에 담배를 꽂아 입에 물고, 팔각성냥 갑에서 꺼낸 성냥개비로 불을 켜 담배 끝에 붙인 다음, 왼다리와 오른다리를 뒤바꿔 다리를 다시 꼬아 자세를 바꾸고, 소파에 등을 기댄 채 담배 연기를 뿜어내 천장에 도넛을 그려내고 있었다. 이쯤이면 둘 중 하나는 나를 알아볼 타이밍인데 왜들 가만히 있지, 하며 애써 무표정한 표정을 지으려 애를 쓰는 눈치였지만, 이미 눈알은 좌우, 위아

래로 심하게 요동치고 있었다.

바로 그때 한 아가씨가 "어머, 그럼 혹시 선장님이세요?" 하는 것이다.

그 말에 사내는 "으흠"하며 괜스레 헛기침만 해댔다.

그러자 그 아가씨는 다시 "정말 멋지세요, 선장님. 이런 선장님 옆에서 차를 마실 수 있다는 것만으로도 전 영광이에용" 하며, 코먹은 소리 비스꾸리하게 알랑방귀를 뀌어대며 사내의 손을 만지작거렸다.

이에 질세라, 이번엔 중년 사내 왼쪽에 앉아있던 아가씨가 입방아를 떨어대기 시작했다.

"여기서 오랫동안 이 일을 해왔지만, 선장님처럼 멋지신 분은 처음 봬요. 선장님은 진정한 바다 사나이, 마도로스?"

'아니, 이 년이 캡틴을 보고 마도로스라고⋯⋯이 년아 넌 오늘 아웃이다, 아웃!'이라고 속으로 내심 못마땅해 하던 찰나, 이내 그 아가씨가 "선장님, 오늘은 제가 이 한 몸 불살라 선장님을 성심성의껏 모시도록 하겠사옵니다" 하며, 사내의 어깨에 머리를 살포시 얹고 손으로 허벅지를 쓱싹쓱싹 쓰다듬자, 사내는 움찔하며 '내가 언제 이 아가씨를 아웃'이라고 생각했냐는 듯 이내 흐뭇한 표정을 지어 보이는 것이다. 평소 다방 아가씨들 사이에서 눈치 구단에 여우짓을 일삼는다는 평을 듣고 있던 그 왼쪽 아가씨는 또 이때다 싶었던지, 맘속에 숨겨두었던 마지막 비장의 카드를 꺼내 "대신 저에게 오늘 크게 한턱 쏘시는 겁니다" 하는 것이다.

무슨 말을 하거나 말거나 무아경에 빠져있던 그 중년 사내는 아무 생각도 없이 "아암, 그렇고 말고"라고 대답해버렸다.

"그럼, 오늘은 이 소녀가 선장임을 배려해 소원 딱, 두 가지만 얘기하겠사옵니다."

그 말을 듣는 순간 머리를 흔들어 몽롱한 정신 상태에서 벗어난 그 중년 사내는 "아니야, 아니야 하나씩만 얘기해도 돼……"라고 얼버무렸다.

"하나씩이랏요, 선장님! 소원 하나씩은 여기에 오시는 손님들도 다 기본으로 들어준단 말이에요. 배포 큰 손님들은 세 개까지도 들어주고요. 제가 인심 써 선장님껜 특별히 두 개라고 한 건데. 선장님 보기와는 다르게 너무 소심하시다. 두 개 정도는 들어줘야 선장님 체면도 서고 그러는 거 아니겠어요?"

"그건 말이야……."

"……"

결국 "암…… 그…… 그래야, 암 그래야겠지? 소원 두 개씩은 들어줘야 맞겠지?" 하면서도 그 중년 사내는 영 씁쓸함을 감추지 못했다.

'자랑질하다가 된통 걸렸네. 시원하다, 시원해'라고 창수가 생각하던 차에, 무슨 생각이 들었던지 범석이 뜬금없이 "창수야, 바로 저거다"라고 하는 것이다.

"뭐가 저거라는 건데?"

의아해하며 창수가 물었다.

"저 중년 사내, 아니 선장이라고 하는 저 사람이 하는 얘기 너도 들었지?"

"어. 그런데 그게 어쨌다는 건데?"

"원양어업, 그러니까 참치 잡이를 한다고 그러잖아. 내가 뭔 말 하는지 모르겠어?"

여전히 모르겠다는 듯 창수는 고개를 갸웃거렸다.

"정말 무슨 뜻인지 모르겠냐고!"

답답하다는 듯 범수는 자신의 가슴팍을 퍽퍽, 쳐댔다.

"짜식이, 몰라도 한참을 모르네. 단도직입적으로 얘기하자면 배를 타자는 거야. 저 사람에게 부탁해서 원양어선을 타자고."

"뭐라고? 원양어선을 타자고? 야, 내가 주워듣기론 비록 원양어선이 돈을 많이 벌게 해줄지는 몰라도 조업 강도도 세고 꽤 위험하다고 들었는데……"

"짜식이, 잘 생각해봐. 지금 내가 난처한 상황에 빠져있잖아. 나와 시비가 붙었던 그놈이 만약 죽기라도 했다면 경찰은 분명 범인을 찾으려고 여기저기 쑤시고 돌아다닐 테고. 그건 그렇다 치더라도 혹 잡힌 범인이 나로 밝혀진다면 우리 아버지는 또 어떻게 되겠느냐고? 서장 자식이 사람을 죽였다는 비난을 받는 건 차치하더라도, 우리 아버지 미래도 보장 못할 거 아니냐고?"

'아이고, 니가 언제부터 그렇게 니 아버지를 생각했다고……'

범석을 이해 못하는 바는 아니지만, 창수는 원양어선을 타겠다는 말이 쉬이 나오지 않았다. 범석이 걱정하는 건 십분 이해한다 하더라도 굳이 자기 자신이 원양어선까지 탈 필요가 있겠느냐는 것이었다. 범석을 따라 여차여차해서 이 낯선 부산까지 오긴 했으나 원양어선까지 타자고 하니, 창수는 난감하기 짝이 없었다. 또 어딜 봐서 자기 자신이 원양어선을 탈 체격이란 말인가?

"창수야, 일단 한 이 년 정도 배를 타다 돌아오면 그땐 그 사건도 잠잠해질 테고. 그럼 우리는 원양어선에서 번 돈으로 다른 일자리를 찾아보면 되지 않을까?"

'우리가 아니라 너지! 너 혼자 타다가 돌아오든지 말든지'라고 생각은 했지만, 범석의 말도 일리는 있었다. 지금쯤 경찰이 범석이 몸담고 있는 조직뿐만 아니라 그날 그 사건의 주동자를 색출하려고 눈에 쌍심지를 켜고 돌아다닐 게 불 보듯 뻔하기 때문이었다. 정말로 신시가지파 행동대장이 죽었다면 범석은 지금 고향으로 돌아갈 수 없는 처지임이 분명했다.

그럼, 범석을 두고 자신만 돌아간다. 이 또한 창수, 자신에게 용납될 수 없는 일이었다.

🔴 1975년

남태평양 망망대해.

고향은 추운 겨울이 지나고 봄이 찾아왔겠지만 창수가 있는 이곳은 봄이라기보다는 여름에 가까웠고, 조업은 계절과 무관하게 다람쥐 챗바퀴 돌 듯 돌아가고 있었다.

지금 창수와 범석이 타고 있는 이 원양어선은, 몇 달 전 다방 아가씨들의 귀를 쫑긋하게 만들었던 그때 그 선장의 아름다운 밍크고래 이야기가 전해지던 그 참치선망선[5]이었느냐?

아니었다. 고래의 고자를 꺼낼 일도, 그 놈 길이가 얼마나 되고, 또 등이 무슨 색깔인지 생각할 필요조차 없는 참치연승어업[6]선박이었다.

조업은 힘들었다. 일의 강도 탓도 있었지만, 한낮엔 이글거리는 태양에 온몸은 타 들어갔고, 밤엔 습하고 차가운 공기가 피부에 착,하니 달라붙어 몸이 끄끕했다.

늘 고향은 그리웠다. 그럴 때마다 술이 생각났다. 하지만 그것도 조업에 악영향을 미친다고 해 식사시간 외엔 주어지지 않았다.

이제 익숙할 만도 한데, 몇 시간 후 시작될 조업을 앞두고 창수는 쉬이 잠이 오지 않았다. 때문에 매번 뒤척이는 잠자리가 많았다. 거기에 악몽이라도 꾸는 날에는 몸도 욱신거리고 정신도 몽해, 조업하는 내내 컨디션을 조절하느라 애를 먹어야했다.

새벽 3시가 되자 어김없이 띠리리리, 기상벨소리가 귓속을 파고

---

5 초대형 그물로 참치를 잡는 배를 말함.

6 참치연승어업은 굵은 낚싯줄(모릿줄)에 많은 낚시(가짓줄)를 매달아 참치를 잡는 것으로, 한 번에 투승하는 낚싯줄의 길이는 40해리(약 1백80리)에 달하며 미끼(꽁치)가 끼워진 3천여 개의 낚시가 달린다.

들었다. 감긴 눈을 비벼가며 선원들은 정해진 각자의 위치에 섰다. 참치 잡이의 서막을 알리는 모릿줄(main line)을 투승(던짐)할 때가 된 것이다. 각자 맡은 임무를 차질 없이 수행해야 한다. 긴장해야 할 타임이기도 했다. 일정한 간격을 두고 모릿줄에서 삐져나온 가짓줄(branch line), 그곳에 매달린 낚싯바늘이 옷이나 신체 한 부분을 거는 날에는 큰일 난다. 이보다 더 위험한 건 모릿줄에 감기는 것인데, 만약 모릿줄에 발이라도 감겨 바닷속으로 빨려 들어가게 되는 날엔 물고기 밥 신세를 면치 못한다.

선내 스피커에서 "자, 가 봅시다!"라는 선장의 투승개시호령이 내려졌다. 어둠속에서 모릿줄의 위치를 알려줄 라이트 부이가 던져지자, 선원들은 재빠르게 가짓줄 끝에 매달린 낚싯바늘에 꽁치를 끼웠고, 그렇게 미끼가 달린 모릿줄을 갑판장은 밤하늘에 포물선을 그려가며 재빠르게 집어던졌다. 칠흑 같은 바닷속으로 모릿줄이 쉼 없이 빨려 들어갔다. 모릿줄 투승은 다섯 시간여에 걸쳐 이뤄진다. 또 양승(거둬들임)할 때까진 예닐곱 시간을 기다려야 한다. 노동과 기다림의 반복인 셈인데, 그래도 그나마 투승과 양승 사이가 늦은 아침을 먹고 부족한 잠을 채울 수 있는 평화로운 한때이기도 했다.

잠깐 눈을 붙였다고 생각할 즈음 다시 귀를 찢는 듯한 기상벨소리가 울렸다. 다른 선원들과 마찬가지로 창수와 범석도 고된 몸을 일으켜야만 했다. 둘은 비몽사몽간에 모릿줄을 드리웠던 그 자리를 찾아 다시 정위치 했다. 그나마 낮 작업은 밤이나 새벽 작업보다는 수월한 편이어서 나았다.

　우현 앞머리에 설치된 홀라[7]가 요란하게 돌기 시작했다. 투승뿐만 아니라 홀라를 담당하는 이도 갑판장이다. 그는 참치 잡이를 위해 태어났다고 해도 과언이 아닐 만큼 이 분야에서 베테랑이었다. 원양어선을 타고 있는 그 많은 선원들 중 낚시에 참치가 걸려들었는지를 육감적으로 알아내는 몇 안 되는 사람이었다.

　계속해서 올라오는 모릿줄을 선원들은 정신없이 사렸다. 그들 속에서 창수와 범석도 쉴 없이 두 손을 움직였다. 그렇게 양승이 있은 후 십분 여가 흘렀을까, 갑자기 "참치다!"라는 소리가 들렸다. 갑판장의 고함이었다. 그렇지 않아도 어수선하던 갑판 위는 더욱 부산해졌다. 네댓 명이 갑판장 주위로 달려들었고 함께 으싸, 으싸, 하며 참치를 끌어올렸다. "야, 이놈 힘 좀 봐라! 우리 집 송아지만큼 힘이 좋네, 그려!"라는 한 선원의 말이 떨어지기 무섭게, "빨리 쇠갈퀴로 찍어 올리지 않고 뭐해!"라고 하며 갑판장이 고함을 치는 것이다. 일은 참 잘하는데 저놈의 성질머리하곤. 갑판 위로 올라온 참치는 한참을 날뛰더니 제풀에 지쳐 부르르 떨어댔다. 성질 급한 것은 갑판장, 당신이나 나나 도긴개긴이요, 라고 말이라도 하듯이.

　"또 걸렸다!" 갑판장이 다시 한 번 소리치는 것이다. "이번에 청새치다!"

　'청새치. 동네 책방에서 읽었던 그 헤밍웨이의 소설 「노인과 바

7　모릿줄을 감아올리는 기계.

다」에 나오던 바로 그 청새치, 마린이라고?'

그놈을 본 순간 창수는 머리가 쭈뼛해졌다. 유니콘 뿔처럼 긴, 아니 그보다 더 긴 뿔이 나 있었는데 아마 그것에 찔렸다가는 바로 이승과 고별해야 할지도 모른다는 생각이 들어서였다. 그 두려움도 잠시, 「노인과 바다」에 등장하는 그 주인공, 마린을 자신이 직접 목격하고 있다고 생각하니, 창수는 황홀감마저 들었다. 큰놈이었다. 크기는 어른 키보다 컸고, 무게는 족히 150kg 이상 돼 보였다. 마린을 제외하고도, 바다를 자신들의 안방처럼 유유자적 돌아다니는 놈들과의 사투 끝에, 오늘 오십여 마리가 넘는 참치를 건져 올렸다.

투승에 이어 또 하나의 고된 작업인 양승이 그렇게 끝이 났다. 이제는 선박 위 여기저기를 정리해야만 한다. 이 일이 끝나면 하늘에 박혀있는 별이 어둠을 삼키고 살포시 얼굴을 내밀 것이다. 그쯤이면 이제 하루 조업이 정말 갈무리되느냐? 아니었다. 식사와 잠깐 눈을 붙이는 대기시간을 제외하면 참치 잡이의 하루는 계속됐다. 그 대기(待機) 시간조차도 조업의 일부라 할 수 있는, 주낙을 손질하는 일이 빠지지 않았다. 그렇게 참치 잡이 조업은 대기하는 것에서부터 시작해 조업, 그리고 다시 대기하는 것으로 선순환 되고 있었다. 하루하루가 고달팠다. 그래도 몸이 피곤한 건 참을 수 있었다. 참치가 잡히지 않는 날이 문제였다. 그날은 몸이 좀 편할지는 몰라도 선장의 뒤틀린 심기 때문에 맘이 불편했다. 하지만 오늘은 수확이 좋아 다행이었다. 몸이 고된 만큼 호주머니에 들어오는 돈도 두둑해지리라 생각하니, 창수는 마음이 뿌듯했다.

3개월 정도 지나자 창수도 선박에서의 삶이 익숙해졌다. 첫 승선했을 때를 생각하면 지금까지 어떻게 왔을까 싶었다. 초기엔 뱃멀미와 먹는 음식이 맞지 않아 고생했었다. 울렁이는 배 안에 있노라면 뭘 많이 먹지 않았는데도 뱃속에 있는 음식들이 죄다, 심지어 똥으로 나올 법한 것들조차 입 밖으로 뿜어져 나오는 것만 같았다. 여기에 잠자리도 한몫했다. 승선하던 첫날부터 잠자리가 바뀐 탓인지 뒤척이는 잠자리가 많았고, 바람이 거세 선체가 두 동강 날 것 같은 날에는 겁이 나 아예 잠을 청하지 못했다.

그래도 시간이 약이라고, 배 위에서 생활하다 보니 뱃멀미도 참을 수 있을 정도가 됐고, 잠자리도 제법 익숙해져갔다. 이젠 잠이 부족하면 부족했지 남아돌지 않았다. 조업 중에도 눈꺼풀이 자꾸 흘러내려 눈을 덮치곤 했다.

창수와 범석이 탄 어선은 만선호였다. 감으로도 족히 참치를 많이 잡아들이라는 뜻에서 지어진 듯싶었다. 궁금해, 언젠가 선장에게 배 이름을 왜 만선호라 지었는지 물었다. 그들의 생각은 보기 좋게 빗나갔다. '만선', 선장의 자식 이름이라고 했다. 여기까지는 그러려니 했다. 그런데 '만선'이 아들이 아닌 딸의 이름이라는 것. 여기까지도 그러려니 했다. 하지만 선장 성씨가 그 흔하지 않은 '풍 씨'라고 했을 때 그들은 웃어야 할지 울어야 할지 무뚝뚝한 선장 앞에서 표정을 감추느라 애를 먹었다. 그걸 눈치 챘는지 선장은 자기 딸애의 이름에 대해 주저리주저리 설명을 곁들였다. 요지는 딸애의 이름을 자신이 지은 게 아니라 완고한 딸애의 조부가 지어 어쩔 수 없었다고 살짝궁 책임을 회피하면서도 '만선'이란 딸애의 이름을 자랑스러워했다. 만선(萬善), 굳이 해석까지 할 필요는 없을 법한데, 선행을 베풀며 살아라,라는 뭐 좋은 뜻이 담겨있다고 하면서. 그 모습을 보며 창수와 범석은 '그렇게까지 뿌듯해하실 필요는 없으실 것 같은데요'라는 말을 차마 내뱉지 못하고 또 한 번 표정을 감추느라 애를 먹었다.

선장은 각진 얼굴에 피부가 검고 체격 또한 우락부락해 그를 처음 본 사람들은 독한 놈이구나,하고 생각할 수도 있었다. 하지만 그런 생김새와 달리 그와 함께 생활했던 선원들의 얘기를 종합해 보면 마음이 참 따뜻한 사람이라는 거였다.

그럼에도 창수와 범석에겐 여전히 선장은 낯설고 대하기 어려운 상대로, 가까이 하기엔 너무 먼 당신이었던 것이다.

끝도 보이지 않는 바다 위에서 창수는 몇 번이나 저승 문턱을 오갔다. 자연의 분노로 인해 생사를 넘나들어야 했던 적이 대부분이었지만 내부 선원들 간의 갈등으로, 또 개인적인 신상(身上)으로 생사를 오가야 했던 적도 있었다.

원양어선이 인도양을 지나치던 겨울 어느 날이었다.

찬바람은 매섭게 몰아쳤고 파도도 거칠었다. 하지만 늘 겪어왔던 터라 창수는 대수롭지 않게 생각했었다. 그러나 그날 파도는 평상

시와 사뭇 달랐다. 만선호가 왼쪽에서 오른쪽으로 출렁대는 파도를 타고 있으면, 그 반대쪽인 오른편에서, 꼭대기가 피라미드처럼 뾰족한 집채만 한 파도가 250톤급이 넘는 만선호를 집어삼킬 듯이 사납게 달려들었다.

그걸 본 선장은 삼각파도[8]라고 외쳤다. 그와 동시에 갑판장은 선원들에게 배 안 침실로 대피하라고 소리쳤다. 선장은 맞설 상대가 아니라고 했다. 할 수 있는 건 삼각파도가 정면으로 만선호를 때리지 않도록 엔진을 끄고, 15도 정도로 비스듬히 배의 각도를 꺾는 방법밖에 없다고 했다. 그런 조치 후 삼각파도가 잠잠해지기만을 기다려야 했다. 삼각파도에 대한 선(先) 경험이 있던 선원들은, 만약 삼각파도가 만선호를 제대로 강타한다면 배는 일 분 안에 침몰할 것이라고 했다. 삼각파도를 보기 전까지만 해도, 그 흉포한 백상아리도 때려잡을 수 있다고 입에 게거품을 물던 창수와 범석의 그 당찬 기개는 다 어디로 사라졌는지 모를 일이었다.

그렇게 만선호가 한 시간여를 버티자 언제 그랬냐는 듯 삼각파도는 자취를 감추었다. 삼각파도의 위력을 보고 나자, 그간 거칠게 일렁였던 파도쯤은 아무것도 아니었다는 걸 창수와 범석이 다시 한 번 깨닫는 순간이기도 했다.

---

8 · 진행 방향이 다른 둘 이상의 물결이 부딪쳐서 생기는 불규칙한 물결.

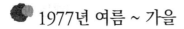

1977년 여름 ~ 가을

한바탕 소란이 일었다. 문제의 발단은 의사소통이었다.

보통 선상에선 생선 요리가 주를 이루는데 가끔 가뭄에 콩 나듯 육류반찬이 올라왔다. 소란이 있던 바로 그날, 그 육류반찬 중 하나인 소고기볶음이 푸짐하게 차려져 나왔다. 다들 그것에 젓가락을 갖다 대기 바빴다. 하지만 근래에 승선한 스리랑카 선원들은 입도 대지 않는 것이다. 스리랑카 선원들이 소고기볶음뿐만 아니라 다른 육류 요리가 나와도 먹지 않았다는, 그 민족의 식습관을 알고 있던 선장과 갑판장은 예의상 한번 먹어보라고 얘기한 후 더 이상 권하지 않았다.

그런데 베트남 선원 중 한명이 그걸 보고 그냥 지나치지 않았다. 그 선원은 아무렇지 않은 듯 자연스럽게 스리랑카 선원들에게 소고기볶음을 한 젓가락 집어 자신의 입으로 넣는 제스처를 취하며 먹어볼 것을 권했고, 이에 스리랑카 선원 한 명이 씨익 웃어 보이며 고개를 좌우로 가볍게 흔들었다.[9] 이에 그 베트남 선원은 자신의 배려를 비웃기까지 하며 일언절하에 거절했다고 격노했고, 그 이유를 알 리 없던 스리랑카 선원은 왜 나한테 화를 내냐며, 그 베트남 선원에게 거칠게 항의한 것이었다. 불 난 집에 불은 안 끄고 기름 붓는다고. 다른 베트남 선원 한명이 더 끼어들었고, 이에 질

---

9 스리랑카인을 비롯한 근동지역의 사람들은 긍정적인 대답을 하거나 반응을 보일 때 고개를 좌우로 살짝 흔드는 제스처를 취한다. 이를 처음 본 사람들은 그 행동을 부정의 몸짓으로 오해하기 십상이다.

세라 나머지 스리랑카 선원들까지 합세해, 결국 큰 싸움판이 되고 말았다. 그나마 다행인 건, 한국인 선원들은 이들의 싸움에 휘둘리지 않고 말렸다는 것이었다.

그 장면은 식사를 먼저 마치고 잠시 선상 위를 들렀다 다시 식당으로 내려온 갑판장의 눈에 띄었고, 한국인 선원들에게 자초지종을 들은 갑판장은 싸움의 시발점이 처음 음식 먹을 것을 권한 그 베트남 선원에게 있다고 하며, 고개를 좌우로 흔든 스리랑카 선원의 손을 들어주었다. 본의의 의도와 상관없이 질책을 받은 그 베트남 선원은 기분이 언짢았다. 그렇지만 결국 갑판장에 의해, 음식으로 인한 소란은 더 이상 커지지 않고 유야무야 갈무리되었다.

얼마 전에도 이번 음식 사건의 당사자였던 그 베트남 선원에겐 또 하나의 사건이 있었었다.

"한 번만 더 그러면 넌 디져. 내말 알아들어. understand? understand하냐고!"

"……"

갑판장은 얼굴이 까무잡잡한 그 베트남 선원을 다그치고 있었다. 만선호에는 스무 명의 선원 중 외국인 선원이 일곱이었다. 베트남 선원 세 명과 스리랑카 선원 네 명이었다. 잡음은 간혹 있었지만, 그때까지만 해도 다들 큰 탈 없이 잘 지내오고 있었다. 그런데 이번에 부족한 물품을 채우기 위해 외국항에 만선호가 잠깐 정박한 사이, 그 베트남 선원이 만선호를 벗어나 도주한 것이다. 당시에는 도망친 선원을 외국어선이 아무 조건 없이 받아주면 법적으로 제재할 방법이 없었다. 그건 치외법권 지역이기 때문이었다. 다행히, 우여곡절 끝에 도망친 선원을 외국어선으로부터 돌려받을 수 있었다.

바로 그 베트남 선원을 갑판장이 다시는 그렇게 하지 못하도록 훈계하고 있던 것이었다.

🌑 1979년 겨울

"우당탕탕!"

뭔가 굴러 떨어지는 소리에 창수는 잠에서 깼다. 바다는 고요해, 파도가 배를 세차게 때릴 리는 없었다. 파도가 가끔 거칠게 일어 침실 안 물건들이 바닥에 떨어져 요란한 소리가 날 때도 간혹 있긴 했지만, 오늘 밤 소리는 유달리 달팽이관을 무겁게 내리치는 것이었다. 그릇이 깨질 때 나는 찢는 듯한 소리가 아닌 둔탁한 소리였다. 하지만 창수처럼 모든 선원들이 민감하게 반응한 건 아니었다. 여전히 코를 골며 깊은 잠에 빠진 선원들이 대다수였다. 창수와 범석, 그리고 맞은편 침상의 두 사람만이 기상 나팔소리를 들었을 때마냥 허리를 곧추세워 앉은 자세를 취하고 있을 뿐이었다. 이 또한 사나운 파도가 배를 철썩, 하고 때릴 때 신경이 예민한 선원들에게나 종종 있던 일인지라 창수와 범석을 빼고, 두 선원은 머리를 뚤레뚤레하더니 이내 침상 위로 몸을 떨구었다. 바로 그때, 밖에서 고성이 들려왔다.

"이 새끼가 지금 뭐하는 짓이야!"

짐작컨대, 무슨 사달이 난 게 분명했다. 창수와 범석은 침상에서 벗어나 부리나케 선상으로 오르는 계단을 탔다. 어슴푸레했지만, 그나마 초승달이 떠있어 사물 정도는 분간할 수 있었다. 둘은 고개를 들어 이 층 선장실 쪽을 쳐다봤다. 그곳에서 두 사람이 실랑이를 벌이고 있었다. 한 사람은 칼을 든 것처럼 보였고, 다른 사람은 자신을 찍어 내릴 듯한 상대방의 팔을 움켜쥔 채 밀어내려 안간힘을 쓰고 있었다. 어떤 연유에서 시작된 싸움인지 모르지만 일단 둘은 말려야겠다는 생각이 들었다. 빠르게 계단을 타고 이 층에 올라섰다.

먼저 범석이 칼을 쥔 사내의 손목을 꺾었다. 그 틈을 타 창수가 그 사내에게서 다른 한 사람을 떼어냈다. 범석이 제압한 이는 베트남 선원으로, 그리고 창수가 떼어낸 이는 선장으로 밝혀졌다.

겁이 나 한 발짝 떨어져 있던 둘과는 달리, 선장은 밧줄로 동여매진 그 베트남 선원에게 다가가 한참을 얘기한 후, 창수와 범석에게 입을 열었다.

"그간 저놈이 우리에게 서운한 게 많았나 봐. 특히 자신을 괄시하며 무시했던 사람이 있었다는 것인데…… 그걸 참지 못하고 이번에 폭발한 것 같애. 그가 다름 아닌 죽은 갑판장이고. 자세하겐 못 들었지만 아마 일전에 선박에서 도망쳤을 때, 죽은 갑판장이 나물했던 게 영 못마땅했나 봐. 또 거기다가 저번 식사 때 갑판장이 자신의 편에 서지 않았던 게 서운했던 것 같고."

긴 한숨을 내쉰 뒤 선장은 말을 이었다.

"난 선장실에 있었어. 그때 졸음이 마구 쏟아져 비몽사몽 했는데, 어디서 싸우는 듯한 소리가 모기소리마냥 웽웽, 대는 거야. 그래서 이 야밤에 무슨 일이나 싶어, 창문에 얼굴을 대고 밖을 내다봤지. 그랬더니 일층 선상에서 두 놈이 실랑이를 벌이고 있는 거야. 싸운 지는 좀 돼 보였고. 말려야겠다는 생각에 부랴부랴 밖으로 뛰쳐나갔지. 그런데 그 잠깐 사이, 한 놈이 선상 밑, 그러니까 침상으로 내려가는 계단 쪽으로 고목 스러지듯 고꾸라지는 거야. 큰일이 나긴 났구나, 생각했지. 일단, 일층 선상 위에 있는 놈에게 다짜고짜 소리부터 질렀어, '이 새끼가 지금 뭐하는 짓이냐'고. 그랬더니 그놈이 나를 한번 힐끔 쳐다본 후 이층 계단을 통해 막 뛰어올라오더니 칼부림을 막 해대더라고. 이미 이성을 잃은 것처럼 보였어. 차마 저놈일 거라고는 생각 못했지. 아무튼, 자네들 덕에 내 목숨은 부지했네만, …… 죽은 갑판장이 불쌍한 건 차치하더라도…… 가족에겐 어떻게 얘기를 꺼내야 할 지……."

창수와 범석은 침실 계단을 급히게 뛰어오르다 보니 칼을 맞고 침실 계단 옆으로 굴러 떨어진 갑판장을 미처 보지 못했다. 결국, 배에 상흔이 깊었던 갑판장은 과다출혈로 안타깝게도 사망하고 만 것이었다.

그 사건으로 인해 범석에게도 씻을 수 없는 상처가 남았다.

범석이 베트남 선원을 제압하려고 뒤에서 그를 감싸 안았을 때, 그는 범석의 오른쪽 허벅지를 칼로 찔렀고, 불행하게도 그 뾰족한 칼끝은 범석의 허벅지 뼛속을 깊게 파고든 것이었다. 그때 바로 수술을 했어야 했다. 하지만 의료장비가 부족한 선상에서는 그리 할수가 없어, 응급조치만 취한 것인데 그게 화근이 되고 말았다. 겉으로는 상처가 잘 아문 것처럼 보였지만 허벅지 뼈는 썩어 들어가기 시작했고, 이후 별도의 치료는 받았지만, 범석은 결국 오른쪽 다리를 쩔뚝일 수밖에 없었다.

정말, 그 베트남 선원은 갑판장에 대한 억하심정이 강했던 것일까? 숫제 죽은 갑판장이 그를 늘 구박하고 타박만 했던 건 아니었다.

지난가을 참치가 올라와야 할 주낙에 상어가 한 마리가 걸려들었다. 선원들에게 상어는 그리 반가운 대상도 아니었다. 잡았다가는 나쁜 일이 발생할 수도 있다는 미신 때문에 백이면 백 다시 바다로 돌려보내 주었다.

그러기 위해서 일단 낚싯줄에 매달린 상어를 떼어내야만 했다. 언제나 그렇듯 노련한 갑판장이 상어의 이빨에서 낚시를 제거했다. 그런데 그때, 그놈이 꼬리를 크게 한번 휘젓더니 머리를 베트남 선원 쪽으로 가놓는 것이다. 찰나였다. 그놈이 그 큰 아가리 한껏 벌려 그 베트남 선원의 허벅지를 물어버린 것이다. 극심한 고통에 비명은 고사하고 그 베트남 선원은 헤벌쭉 입만 벌린 채 몸을 이리저리 비틀어대고 있었다. 그걸 본 갑판장이 잽싸게 선상 위에 있는 칼을 집어 들었고, 그 칼로 바로 상어의 눈을 찔렀다. 틈을 타 다른 선원들이 상어의 아가리에서 그 베트남 선원의 허벅지를 꺼냈다.

갑판장은 지체 없이 응급처치에 들어갔다. 먼저 피범벅이 된 그의 허벅지를 드레싱한 후 갑판장은 꿰매기 시작했다. 그리고 자신의 런닝을 찢어 그 꿰맨 부위를 똘똘 동여맸다. 제대로 된 치료는 아니었지만 그렇게 갑판장의 발 빠른 응급치료로 그 베트남 선원의 허벅지는 무사할 수 있었다.

그런 갑판장에 대한 고마운 일을 그는 깡그리 잊고, 정말 자신에게 서운하게 대했던 것들만 기억해 내 살인을 저질러야만 했던 것일까? 그 사건은 창수가 원양어선을 타며 봐 왔던 많고 많은 일들 중에 실로 안타깝고 슬픈 일이 아닐 수 없었다.

잃음과 얻음

 1982년 여름

"얼마만이냐, 창수야?'

"그러게. 참으로 오랜만에 고향 땅을 밟아본다."

"해미야, 여기가 바로 아빠와 삼촌의 고향, 목포라는 곳이다!" 하며 범석은 창수의 손을 꼭 잡고 있는 해미의 볼을 살짝 꼬집었다.

"창수야, 우리 애들 올 때까지 출출한데 근처 식당에 들어가 그간 맛보지 못했던 탁주에 홍어라도 한 점 해볼까?"

"그러자."

가게는 허름했고, 노인 내외가 장사하고 있었다.

"어서들 오시오."

구부정한 허리에 무덤덤한 표정을 한, 언뜻 보기에도 일흔이 다

돼 보이는 할머니는 창수와 범석, 해미를 맞아들였다.

"아빠, 냄새가 너무 독해."

"하하, 해미야 홍어라는 바닷물고긴데, 이걸 제대로 먹으려면 푹 삭혀야 하거든. 그래서 독한 냄새가 나는 거야. 하지만 맛은 정말 뛰어나지. 우리 예쁜 해미 알아들었어?"

창수를 대신해 범석이 자세하게 설명했건만 해미는 그저 고개만 갸우뚱할 뿐이다.

"이리들 앉으시오"라는 할머니의 말에, 수저통이 놓여있는 네모난 작은 탁자를 두고 창수와 범석은 서로 마주 보고 앉았고, 창수는 옆 좌석에 해미를 들어 앉혔다.

"해미야, 혼자 앉아있을 수 있지?"

"그럼, 아빠 나 이제 여섯 살이나 됐어."

어린 해미의 의젓한 말 덕에 창수와 범석은 한바탕 크게 웃을 수 있었다.

"뭘로 드릴까요?"

"푹, 삭힌 홍어에 탁주 하나 주세요."

"결국 일이 터지고 말았구만, 말았어."

옆 탁자에 앉아 골똘히 신문을 보고 있던 할아버지가 불만 섞인 목소리로 한숨을 푹푹 내쉬는 것이다.

"뭐가 터지긴 터졌다고 그래요! 빨리 와서 음식이나 만드는 거 도와주지 못할망정."

할머니는 늘 그래왔다는 듯, 할아버지를 면박하며 주방으로 불러

드렸다. 할아버지는 군말 없이 어기적어기적 자리를 털고 일어섰다. 하지만 계속해 뭔가에 대해 혼잣말로 중얼대고 있었다.

"이놈의 정권은 광주 사람들을 빨갱이로 몰아 죽였으면 됐지. 그것도 부족해 이번엔 부산에 사는 사람들까지 빨갱이로 몰아 잡아들인다고? 해도 해도 너무 하는 정권이여. 누가 총칼로 잡은 정권 아니랄까 봐서."

"어르신 무슨 일인데 그렇게 역정을 내세요?"

궁금해 죽겠는지 범석이 묻는다.

"아, 이놈들이 말이여, 틈만 나면 사람들을 잡아다가 족치니 무서워서 어디 살겠냐고? 우리 같은 장사치들은 가게에 온 사람들에게 별의별 소리를 다 듣잖어. 근데 죄다 하는 말들이 나라가 너무 살벌해 꼭 살얼음판을 걷는 것 같다고들 해. 정권에 대해 욕 좀 했다고 잡아가고, 사소한 말다툼 하다가 영문도 모른 채 끌려가고. 그것까지는 그렇다고 쳐, 근데 왜 죄 없는 사람들까지 감방에 집어넣으려고 그 난리를 치냔 말이야. 내 나이 일흔이 넘었지만 이런 놈들은 첨보네, 첨 봐."

주방으로 가던 발걸음을 멈춘 채 할아버지는 연거푸 격한 감정을 뿜어냈다.

"이 나이 먹도록 정치라는 걸 나도 잘은 모르지. 하지만 아니다 싶은 게 있는 거거든. 특히 재작년에 광주에서 발생한 사건을 보면 말이야. 우리야 신문이나 텔레비전에서 떠드는 것만 보고, 듣고, 믿었는데, 이곳에 들어온 손님들 얘기를 들어보니까 우리가 알았던 내용들하고 다른 게 많더란 말이야. 이루 말할 수 없을 정도로 참혹했다고 하드라고. 꽃다운 나이에 젊은 학생들이 죽어나가는 것은 차치하더라도 어린 학생들과 배부른 아낙까지 죽였다고 하니…… 늙은 난들 피가 거꾸로 쏟지 않겠어? 그런데 오늘 신문을 보니까, 또 학림인가 뭔가 하는 사건이라고 하며 학생, 교사, 평범한 회사원들까지 빨갱이로 엮어 잡아들인다고 하니…… 어디 무서워서 이 나라에서 살 수나 있겠냐고."

말없이 걸어가 창수도 신문을 뚫어져라 쳐다봤다. 하지만 할아버지가 얘기하는 내용이 어디에 있는지 도통 알 수가 없었다.

"어르신, 그 내용이 어디에 있다는 겁니까?"

"잘 안 보여. 나도 돋보기를 쓰고 본 거야. 염병할 놈들. 그런 기사들은 꼭 어디 귀퉁이에다가 아주 쪼끄맣게 실어 내보내고 지랄은 지랄이야. 거기, 펼쳐놓은 부분 왼쪽 구석탱이, 그거 뭐여, 그래 삽화. 그 그림 밑에 써놓은 기사를 함 자세히 봐봐."

정말 그랬다. 그 널찍한 신문에 조각 정도만 할애돼 기사는 실려 있었다. 창수는 눈을 크게 뜨고, 신문에 얼굴을 가까이 댔다.

"○○사건 관련 16명 구형, 최고 징역 10년"

"어르신 죄송한데, 이 내용으로 봐서는 저는 무슨 내용인지를 잘 모르겠는데요?"

"그럴 거야. 난들 그 기사만 보고 어찌 알겠어. 다 이유가 있지.

거기에 내 친구 아들내미가 포함돼 있어.”

“쓸데없는 소리 그만하고 이제 주방으로 들어와요! 허구한 날 손님들만 오면 친구 아들놈 타령이니, 당신 아들이나 그렇게 걱정 좀 해보시든가요!”

“이놈의 할망구가, 시끄러! 내 자식이 상태 놈 자식만 했어 봐, 내가 얼매나 자랑하고 다녔겠어? 망할 놈의 자식이 허구한 날 사고나 치고 다니고 …… 그놈은 자식이 아니라 웬수여, 웬수!”

도리어 할머니에게 역정을 내는 할아버지는, 아직도 할 말이 남아있다는 듯 계속 말을 이었다.

“상태라는 내 친구 놈이 있어, 불알친구지. 한창 혈기왕성할 때부터 우리는 장사를 시작했어. 난 식당을, 친구 놈은 목포어시장에서 건어물을 팔았어. 근데 어시장에 큰불이 난 거야. 결국, 시장 점포들이 홀라당 다 타버리고 재만 남았드랬지. 그 일로 친구 놈은 실의에 빠져 허구한 날 우리 가게에 와 술병만 비웠지. 그때 나도 보증을 잘못 서 식당을 유지하기도 어려운 때라, 딱히 도와줄 방법이 없었던 거야. 그러던 중에 하루는 친구 놈이 부산으로 내려가겠다고 하더라구. 뜬금없이 무슨 소리를 하는 거냐고 다그쳤지. 그때까지만 해도 우리는 고향을 떠나 살 수 있을 거라고 생각해 본 적이 한 번도 없었거든. 그런 나를 친구 놈이 계속해 설득하는 거야. 부산에 가면 여기보다 훨씬 더 큰 어시장이 있다고 하면서.”

숨이 가쁜지, 그는 두어 번 들숨과 날숨을 반복한 후 말을 이었다.

“자갈치시장이라고 했어. 장사가 제법 잘 되는 곳이라 먹고사는 데는 여기보다 훨씬 낫다고 하면서. 하지만 친구 놈이 그곳에 가야겠다고 정작 맘먹었던 이유는 따로 있었어. 이곳에 정이 떨어졌기 때문이야. 노력을 안 한 건 아니었어. 자신도 여기에 남아보려고 꽤나 용썼지. 하지만 시장에 불이 난 뒤 돈 많은 사람들이 가게를 하나둘씩 사들여 다시 임대를 주기 시작한 거야. 그들 대부분이 외지인들이었어. 시장 주인들이 죄다 바뀌어버린 거지. 그래서 친구 놈이 떠나기로 맘을 먹었던 거야.”

잠시, 창수는 건어물시장 친구 놈이 했던 말이 떠올랐다. 돈 많은 외지 사람들이 죄다 건어물 가게를 사들인 후 토박이가 아닌 외지 상인들을 고용해 물건을 팔게 하는 바람에, 자신과 같은 고향 사람들이 장사하기 어려워졌다고 했던 그 말이.

“먼 곳이라 자주 연락도, 보지도 못하고 살았지만 나는 그 친구 놈이 잘살고 있을 거라 생각했었지…… 그런데 작년, 아마도 가을 쯤이었을 거야. 아무런 연락도 없이 그 친구놈이 불쑥 여기를 찾아왔드랬어. 무슨 연유인지 오자마자 펑펑 울기 시작하더라구. 남사스럽게 울지만 말고 무슨 일인지 얘기해보라고 다그쳤지.”

“봉구?”

“왜?”

“나 죽을 만큼 힘드네.”

“도대체 무슨 일 때문에 그러는가? 그곳에서도 이젠 살만큼 자리 잡았다고 그러지 않았는가?”

"그랬지. 먼 타향에서 밤낮으로 일해 먹고살 만큼 돈도 벌었지. 그래서 이제 살만하겠구나, 생각도 했었지."

"그런데? 그런데, 뭐 잘못된 일이라도 있단 말인가?"

"······ 그게 말일세, ······ 우리 늦둥이 보석이가 잡혀갔네. 국가보안법인가 뭔가 하는 법을 저촉했다고 하드라고."

"아니, 그 착하디착한 보석이가 왜 잡혀갔단 말인가. 대학도 법학과에 진학했다고 하며, 자네가 무척 좋아하지 않았는가?"

"그랬었지. 사실 보석이가 법대 졸업하고 난 다음 사시 공부하러 사찰에 들어갈 거라고 했네. 우린 그럴 거라고 철썩 같이 믿고 있었고. 그런데 알고 보니 봉제공장에서 일하고 있었더라구. 속이 무척 상했지. 그래서 한번은 아들놈을 불러 앉혀 물었네. 공부를 관둔 것이냐고? 아니다,고 하더라고. 부모님께 마냥 손 벌려가며 공부만 하는 게 죄스럽다고 하면서. 공장에서 조금만 더 일하다가 다시 공부를 시작할 거라고 하며 이해해달라고 하더군. 그래서 믿는 아들놈이라 더 지켜보자고 생각했었네. 그런데 그런 아들놈이······ 경찰에 연행됐다고 연락이 온 거야. 생전 들어보지도 못한 국가보안법인가 뭔가에 저촉되는 행동을 했다고 하며, 경찰서장이 어쩌고저쩌고 하드라고······ 지금도 나는 당최 아들놈이 뭘 잘못해서 끌려간 건지 모르겠단 말이시. 정말 미치겠네, 미치겠어."

"그렇게 친구 놈은 넋두리를 하고 떠났고, 채 일 년이 안 돼 그 친구 아들놈에 대한 공판이 열린 거야. 그게 오늘 신문에 실린 거고.

친구 놈에게 쉰 나이에 무슨 애냐고, 보석이 낳을 때 엄청 핀잔을 주곤 했었는데…… 안타까운 일인 게지. 그러니 이 망할 놈의 정권을 내가 좋게 얘기할 수 있겠는가?"

창수는 그제야 이해가 됐다. 한편으론 행복이 개인의 의지와 상관없이 외적인 요인에 의해서도 처절하게 망가질 수 있구나, 생각하니 순간 두려움이 엄습해왔다.

건장한 체구의 두 사내가 식당에서 막 나온 범석에게 머리를 조아리는 것이다. 연안파에서 보낸 조직원으로 보였다.

"차는 준비됐고?"

"네, 형님. 그런데 다리는 왜 절뚝거리시는지……"

"알 것 없고. 에어컨은 빠방하게 틀어놨냐?"

"당근이지라, 형님."

"당근? 이 새끼를 그냥 콱, 내가 망아지 새끼냐?"

범석이 오른손을 들어 때리는 시늉을 하자, 그 건장한 사내 둘이 뒤로 주춤하는 것이다. 그걸 본 창수는 자신도 모르게 피식 웃음이 났다.

"어? 이것들아! 타고 다니는 것에만 대가리 굴리지 말고 다른 데에도 대가리 좀 굴려봐라. 배 봐라, 배. 머리를 안 쓰니까, 행동이 없는 거고, 그러니까 배만 뽈록하게 튀어나오는 게지. 예나 지금이나 너희들은 어째 변한 게 하나도 없냐? 이 형님 봐라, 봐. 얼마나 머리 쓰고 열심히 살았으면 배가 이렇게 쏙 들어갔겠냐."

머리를 안 쓴다는 범석의 말과 달리, 그들은 경찰도 알지 못한 범석이 원양어선을 탄 사실도, 그 많은 원양어선들 중 범석이 만선호에서 조업한다는 것도 용케 알아냈었다. 당시 지역 조직들 간 서로 교류가 있었는데, 부산 일대를 주름잡던 갈매기파를 통해 그들은 범석의 행보를 곧잘 알아냈던 것이었다. 또 만선호의 조업 기간을 상시적으로 체크해, 범석이 뭍으로 언제 올라오는지도 알아내 그때마다 그들은 부산으로 내려왔고, 범석에게 다시 목포로 돌아갈 것을 간곡하게 요청하곤 했었다. 하지만 실수인지 아님 의도적인지 몰라도 범석에게 전하지 않은 사실 하나가 있었는데, 그때 그 사건에 대한 이야기였다.

"그럼, 어서들 가자."

"그런데 말입니다, 형님."

"형님, 뭐? 이 새끼들이 형님을 오래간만에 보니까, 너무 기뻐서 말문이 막히나 보네. 차차 적응될 테니 너무 신경 쓰지 마라."

"그게 아니고 말입니다, 형님."

"아, 이 새끼들이 사람 답답하게 만드네. 그럼 빨리 얘기해!"

"그게……" 하며, 둘이 창수를 힐끔힐끔 쳐다보는 것이다.

눈치를 챘는지, "난 해미랑 화장실 다녀올란다. 아까부터 쉬 마렵다고 했거든" 하며 창수는 자리를 비켜주었다.

"형님, 저쪽으로 가셔서 얘기 나누시죠."

"여기서 하면 어때서, 창수도 화장실 가잖아!"

"그래도 여기는 좀……"

"별 시답잖은 놈들 다 보겠네. 그래, 옮기자, 옮겨."

둘은 양쪽에서 범석을 에스코트- 말이 에스코트지, 누가 보면 아, 지금 범인을 체포해 경찰서로 데리고 가고 있구나, 하고 생각할 것이다-하며 버스터미널 한쪽 기둥을 향했다.

창수는 화장실을 다녀온 후 기둥 앞에 서있는 셋을 발견했다. 얘기는 아직 끝나지 않은 듯했다. 들리지는 않았지만 그 둘에게 범석이 얼굴을 붉으락푸르락하며 신소리를 마구 해대는 것 같았다. 단편소설 분량이라도 얘기한 듯 그렇게 삼십 여분쯤 지나자 그들은 다시 제자리로 돌아왔다. 둘은 둘대로, 범석은 범석대로 그리 얼굴 표정이 밝지 않았다.

"씨발, 진짜 우리 아버지는 왜 그러는지 모르겠네. 진짜 미치겠네."

하는 얘기로만 보자면, 범석이 자신의 아버지를 탓하고 있었지만 표정은 창수에게 할 얘기가 있는 듯 보였다. 그런 범석에게 창수가 먼저 말을 걸었다.

"범석아, 뭔데 그렇게 화를 내고 난리야? 고향 올 때까지만 해도, 아니 여기에 도착할 때까지만 해도 너무 좋다고 했잖어?"

"그래, 좋았지. 빌어먹을 우리 아버지만 아니었으면 너무 좋았지. ……근데 지금은 아니다. 아니 따지고 싶다, 왜 그랬는지를."

지금의 범석과 달리 범석의 아버지는 창수에겐 고마운 분이었다. 첫 직장이던 소주회사에 취직시켜준 장본인이 아니던가.

"뭔 데? 얘기해주면 안 되겠냐?"

"…… 창수야, 내가 죽일 놈이니까, 내 얘기 듣고 너무 놀라지 말고. 혹 용서 못하겠거든 나를 죽도록 패라."

"진짜, 뭔데 그래?"

창수는 어이없다는 듯 씨익, 웃어보였다.

"창수야, 예전 사건 기억나지? 우리가 부산에 내려가게 된 그 사건."

"당연하지. 그때를 어찌 잊겠냐."

머뭇거리며 범석은 한참을 뜸 들였다.

"얘기해봐라, 빨리. 사람 답답하게 만들지 말고."

"그게……지금 그 사건의 주범이 여전히 수배 중이란다."

"그게 누군데? 혹시 네가 주범으로 돼 있대?"

"……아니, ……그 당사자가 바로 너란다, 씨발."

"뭐…… 나라고?"

순간, 창수는 정신줄을 놓고 쓰러질 뻔했다. 간신히 버틴 다리는 속절없이 후들거렸다. 그런 창수를 해미는 멀뚱멀뚱 쳐다보기만 할 뿐이었다.

"에이 씨발, 내가 정말 할 말이 없다. 내가 죽일 놈이다, 죽일 놈. 창수야 정말 미안하다, 정말 미안해."

"……"

기나긴 원양어선 첫 조업이 끝나고, 휴식 겸 다음 출항준비를 위해 잠깐 부산항으로 들어왔을 때였다. 동생이라고 부르는 사람들-

아마 그때도 연안파 조직원들이었을 것이다-이 와 있었고, 범석에게 무슨 말을 전하는 것 같았다. 그 얘기를 듣고 난 후 범석은 길길이 날뛰며 난리를 친 적이 있었다.

"그 애가 내 애라는 증거가 어디 있냐고? 미친년이 어디다가 사람을 갖다 팔아먹냐고!"

"형님, 그분이 형님 아버님을 찾아가 자신이 낳은 애가 형님 아들이 확실하다고 했답니다. 필요하다면 예전에 형님 머리카락을 챙겨둔 게 있다고 하면서 유전자 검사라도 하겠다고⋯⋯"

"그분이? 뭐가 그분이야, 이 새끼야! 그년이지. 그래서 우리 아버지는 그걸 믿었대? 나 원 참, 자기가 경찰 아니냐고. 경찰이면 사기치는 연놈들은 금방 알아볼 수 있지 않냐고! 그래서 했대? 유전자 검산가 뭔가 했냐고, 이 새끼야!"

"⋯⋯"

"아, 사람 미치게 만드네. 그래, 내가 그년하고 하룻밤 자기는 했어. 근데 그때 애가 떡하니 들어섰다고? 글고 지 혼자 애를 뱃속에서 열 달이나 키워 낳았다고? 그 말을 내가 어떻게 믿냐고. 미친년이 사람 인생 조지게 만드네. 아 씨발, 진짜!"

"형님, 너무 흥분하지 마시고요⋯⋯"

"이 새끼야, 너 같으면 흥분 안 하게 생겼어? 가서 그년한테 전해. 난 무정자증이라고, 씨가 없는 놈이라고 말하라고!"

"그걸 어떻게 입증합니까, 형님?"

"아, 이 새끼도 날 못 믿네. 그래 내가 정액 받아서 줄 테니까, 병원에 가서 검사해봐, 알았어? 알았냐고! 내가 사고 친 다음, 원양어선을 타면서 얼마나 큰맘 먹고 모범적으로 살았는데, 그년이 뭐라고 내 밝은 미래에 초를 치냐고, 초를."

그렇게 말하는 범석의 말에는 사실도, 한편 거짓도 포함돼 있었다.

그때, 창수는 만약 길거리 폭행 사건 때 범석이 생각하는 것처럼 불미스러운 상황이 발생했다면 그 죄를 자신이 받아줄 생각도 있었다. 왜냐 범석은 자신의 애가 아니라고 펄펄 뛰며 부인했지만, 사실 그 여자의 아이가 범석의 아이일 가능성이 높았고, 또 그렇게 된다면 범석에게는 가족이 생긴 거나 진배없었기 때문이었다. 하지만 이후 자신이 결혼을 하고 예쁜 딸, 해미를 보게 되자 그 맘이 바뀌었던 것이다. 특히 해미 엄마를 떠나보내고 난 뒤 그 맘은 더욱 단단해져 있던 터였다.

'이젠 고향에도 머물 수 없겠구나……'

상심이 큰 듯 창수는 터미널 천장만을 물끄러미 쳐다볼 뿐이었다.

1981년 여름

"해미야, 아빠 왔다. 해미야! 해미야! 해미 엄마! 지숙아!"

아무런 대답이 없었다. 두 손에 든 선물 꾸러미를 마루에 둔 채 창수는 다급하게 방문을 열었다. 역시 아무도 없었다. 신발을 벗는 둥 마는 둥 방안으로 들어섰다. 방안은 여름임에도 이상하리만큼 써늘하고, 깔끔하게 정리돼있었다.

옆집으로 달려갔다. 자신이 원양어선을 타고 없을 때 해미엄마는 옆집 할머니를 의지했고, 어머니처럼 살갑게 지내온 터였다. 망망 대해에 있으면서도 늘 안심이 되었던 건 바로 그 할머니가 계셨기 때문이었다.

옆집 할머니도 집에 없었다. 기분은 더 침울했다. 아니 불안했다. 뭍으로 올라올 때마다 해미엄마는 늘 집에 있었다. 혹 없어 찾으면 할머니 댁에 가 있었다. 그런데 오늘은 집에도, 옆집에도 해미엄마 모습은 보이지 않았다.

순간 떠오른 생각이 있었다. 예전 해미엄마의 말을 빌자면 옆집 할머니는 경로당에 자주 간다고 했다. 그래서 잘은 못하지만, 음식 을 만들어 경로당에 가져다준 적이 몇 번 있다고 했다.

해미엄마, 지숙은 강원도에서 나고 자랐다. 고등학교를 졸업한 후 가족을 위해 큰돈을 벌어보겠다고 부산으로 내려왔다고 했다. 처음엔 월급쟁이로 의류수선 일을 했다고 한다. 그런 후 목돈이 모 이자 직장에서 친언니처럼 지내던 이와 의류수선 가게를 차렸다고 한다. 그런데 믿는 도끼에 발등 찍힌다고, 그 언니는 가진 돈을 다 가지고 사라졌고, 그것도 부족해 해미엄마 모르게 가게도 처분해 버렸다고 한다.

그런 지숙을 창수는 다방에서 만났었다. 그때가 세 번째 원양어선 조업을 끝내고 뭍을 밟았었을 때였다. 초원다방 종업원인 지숙. 하지만 창수의 눈에는 그녀가 다방 종업원과는 거리가 멀어 보였다.

　네 번째 조업을 끝내고 다시 새벽시장을 찾았을 때, 그때도 지숙은 처음 봤던 그 모습 그대로 그 자리에서 커피 서빙을 하고 있었다. 그때 범석은 창수의 맘을 다 알고 있다는 듯 그의 옆구리를 푹푹 쑤시며, 이때가 아니면 언제 말을 걸어보겠냐며 오늘은 커피가 아니라 쌍화차 석 잔을 시켜보자고 부추겼다. 비싼 차와 아가씨가 마실 차까지 함께 시키면, 그들이 앉아있는 자리에 오래 있을 수밖에 없다고 하면서. 그걸 어떻게 알았느냐고 창수가 묻자, 네가 눈치가 없어서 모르지 여기에 들락거리는 선원들 대부분은 다 아는 사실이라고 하며, 그래서 가끔 보면 두 잔이면 될 것을 먹지도 않으면서 석 잔 또는 넉 잔씩을 시키는 선원들도 많다고 하며 핀잔까지 곁들였다.

　가쁜 숨을 몰아쉬며 해미엄마가 말했던 경로당을 향했다. 원양어선에서만 생활한 탓인지 뛸 때마다 호흡은 한층 거칠었다. 숨 고르기를 한 뒤 "계세요?"하며 경로당 출입문을 열었다. 할머니 세 명이 앉아있었다. 다행히 옆집 할머니도 계셨다. 할머니 무릎 위에 해미도 있었다. 해미는 창수를 말똥말똥 쳐다볼 뿐 달려오지 않았다. 고사이 아빠를 잊어먹은 걸까?

　그럼 이제 해미엄마만 눈에 들어오면 되는데…… 그런데 해미엄마…… 지금쯤 해미 동생, 해연이를 안고 있어야 할 해미엄마가 보이지 않는다.

"해미 아빠 앞으로 독한 맘먹고 살아야 돼. 해미를 봐서라도 딴 맘먹지 말고……"

옆집 할머니는 연신 눈물을 훔쳐냈다. 늙어서 눈물도 잘 안 나오는데 해미엄마만 생각하면 주책없이 눈물이 쏟아진다고 하며.

"산달이 다가오고 있는데 부쩍 해미 엄마 얼굴이 안 돼 보이는 거야. 그래서 하루는 죽을 써 집을 찾았지. 근데 해미 엄마가 이불을 감싸 안고 새우처럼 웅크린 채로 떨고 있는 거야, 이 한여름에 식은땀을 뻘뻘 흘리면서. 언제부터 그랬냐고 물었지. 전날부터 배가 많이 아팠다고. 애 낳을 때가 돼서 그러나 생각도 해봤지만 그 기미하고는 확연히 달라보였어. 일단 병원부터 가자고 했어. 하지만 해미엄마는 조금 있으면 괜찮아질 거라고 하더라구. 그런데 점점 의식을 잃어가는 거야. 급하게 요 앞 건너편 전자부품가게 사장을 불렀어. 그 사장 차로 근처에서 가장 큰 병원을 찾았고 도착하자마자 해미 엄마는 응급실로 들어갔지. 조금 지나자 의사가 나한테 왔어. 환자가 위독해 지금 수술하지 않으면 안 된다고 하더라고, 보호자가 누구냐고 물으면서. 남편이 있는데 지금 원양어선을 타고 있다고 했지. 그러면 대신 누군가가 서명인가 뭔가를 꼭 해야 한다는 거야. 수술 중에 문제가 발생하면 병원에 책임을 묻지 않겠다는 뭐, 그런 내용을 주저리주저리 말하면서. 그래서 따졌지, 수술이 잘못되면 병원에서 책임져야지, 보호자가 책임지는 법이 어디 있냐고? 그랬더니, 그럼 수술을 진행할 수 없다고 하더라고. 그래서 내가 뭐가 잘못된 건지나 알고 수술 하자고 했어."

옆집 할머니는 흐르는 눈물을 또다시 훔쳐내며 말을 이었다.

"이미 양수가 터져있다고 하더라고. 나도 여자라 알고는 있었지. 양수가 터지면 산모, 태아 다 위험하다는 걸. 그래서 해미 아빠 대신 내가 서명을 하고 수술을 했어. 그런데…… 내가 죽을 년이여, 내가 죽을 년이지. 하늘도 무심하지 늙은 나를 데려가지 왜 그 가엾은 해미 엄마를 ……"

끝내 말을 잇지 못하고, 옆집 할머니는 흑흑거렸다.

어느새 창수의 얼굴도 눈물범벅이 돼 있었다.

'해미 엄마, 내가 있었더라면 당신이 그렇게 허망하게 가지 않았을 지도 모르는데. 아니 하늘이 꼭 당신을 데려갔어야 했었다면…… 당신이 가기 전에 한 번만이라도 서로 만나게 해줬더라면 내 맘이 이렇게까진 찢어지지 않을 텐데…… 해미 엄마, 정말로 미안해, 못난 남편 만나 호강 한번 제대로 못해 보고. 당신 참 좋은 사람이었는데 하늘도 무심하지, 그런 당신을 이렇게 일찍 데려가다니. 불쌍한 우리 아가, 해연이. 세상 빛이 얼마나 그리웠을까. 여보! 해미 엄마! 너무 속상해하지 말어. 나보다 조금 일찍 하늘에 가 있다고 생각해. 그리고 그곳에서 우리 아가랑 잘 지내고 있어, 우리 해미도 꼭 지켜주고. 우리 해미 잘 키워 시집보내고 나면 그때 나도 당신 곁으로 훨훨 날아갈게.'

1981년 봄

"여보, 나 이제 원양어선 그만 탈까?"

"무슨 소리예요. 여름이면 둘째도 태어날 텐데."

"그러네. 그럼 우리 둘째 심장 소리 한번 들어볼까."

이미 둘째를 본 아빠처럼 창수는 싱글벙글대며 자신의 머리를 지숙의 배에 살포시 갖다 댔다.

"여보! 들려, 들려. 우리 아가 심장 소리가 쿵탁쿵탁,하고 들려. 이놈 심장 소리가 무척 큰데."

"사내아이일까요?"

"혹시 당신 사내아이를 원하는 거야?"

"이왕이면……"

지숙은 사내아이를 원하는 것 같았다. 하지만 창수는 달랐다.

"해미 아빠, 이번 조업을 마치고 당신이 돌아올 때쯤이면 우리 둘째가 태어나 있을 것 같은데요.

"그렇게 되는 거야. 지금이 다섯 달째라고 했지? 정말 그러네. 내가 이번에 나갔다 다시 돌아올 때쯤이면 우리 둘째가 태어나 있겠네."

"그래서 말인데요, 해미 아빠. 우리 둘째 이름을 지어주고 가시면 안 될까요?"

"음…… 안 될 것도 없지. 그럼 내가 우리 둘째 공주 이름을 한번 지어볼까?"

"당신 지금 여자애로 단정하시는 거예요?"

"아, 내가 그랬나. 뭐 아들이 태어나도 붙이기 좋고 딸이 태어나도 붙이기 좋은 이름이면 되지, 뭐."

"그러면 되겠네요."

"사실은 내가 해미 동생에게 붙여줄 이름을 배를 타면서 미리 생각해뒀거든."

"당신? 김칫국 마시는 게 너무 빠른데요?"

"하하, 그런가. 아무튼, 내가 지은 이름 말해볼까?"

"네, 얘기해보세요."

"해미, 뜻풀이를 해보면 바다 해(海)에 아름다울 미(美)잖아? 그래서 해미 동생도 똑같은 뜻이 담긴 '해연' 어때? 해연도 바다 해(海)에 아름다울 연(嬿). 괜찮지? 사내한테도 계집한테도 어울릴 것 같지 않아?"

"음……괜찮은 것 같네요. 사내아이에게도, 계집아이에게도 어울릴 것 같고. 그럼 해미 아빠, '해연'을 한자로 한번 써 주세요. 제가 출생신고를 하려면 알아야 하니까."

창수는 서랍에서 종이 한 장을 꺼내 볼펜으로 海嬿을 써 지숙에게 보여주었다.

그걸 본 지숙이 "여보! 嬿에 계집녀가 들어가 있잖아요? 혹 당신 딸을 염두에 두고 작명한 거 아니에요?" 하자, "아니야, 아니야, 진짜 아니야"하며 절대 아니라는 듯 손사래를 치는 시늉을 해댔지만, 이미 창수의 얼굴엔 행복으로 가득 찬 웃음꽃이 만개해있었다.

1982년 겨울 ~ 1987년 봄

목포에선 몸을 피해 잠시 머물렀을 뿐이었다. 서울로 가겠다는 창수를 범석은 말렸었다. 범석은 잘못도 없는 네가 왜 죄를 뒤집어쓰려 하냐고, 그것도 부족해 도망까지 가려 하느냐고 창수를 다그쳤다. 아버지에게 따져 묻겠다고 했다, 창수를 왜 그 사건의 주범으로 만들었는지를.

버스터미널에 마중 나온 조직 후배들의 이야기를 종합해보면 당시 그 사건이 터지고 난 후 미심쩍은 부분이 분명 있다는 것이었다.

아마도, 범석과 일대일로 맞짱을 떴던 신시가지파 행동대장은 죽지 않았을 거라는 거였다. 경찰이 현장을 들이닥칠 때 범석 무리는 그 자리를 피했고, 마찬가지로 신시가지파 똘마니들도 허둥지둥 그 자리에서 벗어났는데, 그때 신시가지파 행동대장을 그의 똘마니들이 부축해 병원에 데려간 게 분명하다는 것이었다. 왜냐, 신시가지파 똘마니들이 자신들이 아는 조그만 병원에서 그놈을 치료받게끔 한 다음, 죽은 걸로 위장시켰다는 소문이 암암리에 퍼져있었기 때문이라는 거였다. 기실 그놈이 활개치고 돌아다니는 걸 목격한 사람들도 있다고 하면서.

그 말을 들은 후 범석은 그 정도라면 경찰도 알고 있지 않겠냐고 물었다. 그에 범석의 부하들은 형님 말씀이 맞다고 맞장구를 치며 추가적인 얘기를 곁들였다. 그건 틈만 나면 범석 아버지를 내려 앉히고 그 자리를 꿰차려고 하는 사람의 작품이라는 것이었다. 그는 범석의 아버지보다 경찰에 먼저 임관되긴 했으나 두 번이나 비리에 연루돼 매번 진급에서 쓴잔을 들이켜야 했던 사람이라는 것이었다. 그는 다름 아닌 범석도 알고 있는 피 경감이었다.

신시가지파와 늘 연줄이 닿고 있던 그런 그가 당시 그 사건을 악용해 범석 아버지를 압박하려고 했고, 그 거짓- 범석에 의해 신시가지파 행동대장이 죽었다는-을 안타깝게도 고대로 믿어버린 범석 아버지는 자신의 아들이 살인자가 아니라는 걸 보이기 위해 범석을 대신해, 결국 창수를 희생시켜야만 했다는 게 그들의 요지였다.

하지만 진위 여부는 여전히 파악되지 않은 채 그때 양측 간의 싸움은 살인사건으로 남게 되었고, 그 바람에 누군가는 죄인이 돼 그 죗값을 치러야만 하는 것이었다. 창수와 범석 중 누군가는 말이다.

창수는 장고 끝에 결론에 이르렀다. 해미를 생각해서라면 그건 아니라고 수백 번 되뇌며 자신을 원망도 했지만, 결국 범석을 위하는 쪽으로 맘을 다잡고 말았다.

일가친척 없는 서울이라는 곳을 창수는 선택했다. 아니 어쩌면 자신을 찾기 힘든 곳, 많은 사람들로 벅적대는 대도시이기에 택했는지도 모른다. 하지만 이 낯선 곳에서 뭘 해서 생계를 이어가야 할 지 막막했다.

일단 대학 근처에 있는 반지하방을 계약했다. 보증금 백만 원에 월세 십만 원. 부산과 별반 다르지 않을 거라 생각했다. 하지만 예상외로 서울 집세는 셌다. 트럭에 가져온 옷과 집기들을 정리했다.

단출하게 챙겨왔다고 생각했는데 방이 비좁았다.

이제 직장을 구해야 했다. 때문에 해미를 돌봐줄 곳이 필요했다. 다행히 주인아주머니가 근처에 아는 어린이집이 있다고 했다. 이것저것 따질 것도 없었다. 해미를 일단 그곳에 보내기로 했다. 해미에게는 아빠가 일자리를 알아봐야 해서, 낮 동안은 이곳에 있어야 한다고 얘기했다.

"여기서 잘 참고 지내면, 내가 좋아하는 인형을 아빠가 사주는 거야" 하고 해미가 물었다.

창수는 웃음으로 대답을 대신했다.

이사하고 며칠 후 해미에게 맛있는 거라도 사줘야겠다고 생각해 일자리 구하는 걸 잠시 멈추고 창수는 집에서 좀 떨어진 분식집을 찾았다. 부산에서 태어나 그런지 해미는 오뎅을 무척 좋아했다. 물론 창수가 음식점이 아닌 값싼 분식집을 찾은 건 해미를 위한 것이기도 했지만 일자리를 구하기 전까진 돈을 아껴야만 했기 때문이었다.

원양어선을 타면서 돈은 적지 않게 벌었다. 하지만 약골로 태어난 해미는 줄곧 병원 신세를 면치 못했고 해미엄마는 당뇨가 있어 밑 빠진 독에 물 붓듯 돈은 새나갔다. 해미엄마에 대해, 병원은 젊었을 때 제대로 못 먹고 몸도 챙기지 않아 당뇨가 일찍 찾아왔다고 했다. 그러면서 당부를 했었는데 더 이상 애를 갖지 말라는 거였다. 하지만 해미엄마 생각은 달랐다. 해미가 외로울 거라고 하며, 해미 동생이 있었으면 좋겠다고 했다. 그때 우겼어야 했다, 애를 갖지 말자고. 부질없는 후회가 들물처럼 밀려왔다.

떡볶이도 시켰다. 해미에게는 오뎅 국물로 씻겨내 주었다. 오뎅도 맛있었지만 떡볶이 맛이 제법이었다. 순간 이거다 싶었다. 그래, 분식집을 차리자. 큰돈 안 드리고 차릴 수는 분식집을 내, 장사를 해보자. 성실하게만 일한다면 해미랑 먹고사는 데는 지장이 없을 것 같았다.

개업 초기엔 학생들이 오지 않았다. 가게 근처에 대학도 있고 고등학교도 있어, 목으로 보자면 더할 나위 없이 좋은 곳이었다. 그래서 임대료는 비쌌지만, 계약서에 흔쾌히 서명했었다.

맛이 없는 걸까? 일단 좀 더 신선한 재료를 써보기로 했다. 동트기 전에 시장에 나섰다. 그곳에선 새벽에 부산에서 올라온 오뎅을 도매로 팔았고 신선한 야채도 많았다. 이젠 맛만 제대로 내면 장사가 되살아날 수 있을 것만 같았다. 창수는 몇 날 며칠 밤을 새워가며 맛있는 오뎅 국물과 떡볶이를 만드는 데에 열을 올렸다. 제법 맛이 나기 시작했다.

'이제 손님만 많이 와주면 되는데⋯⋯'

"사장님!"

"아이, 학생 아저씨라고 부르래두."

"네, 아저씨! 여기 오뎅 두 개하고 떡볶이 추가요!"

"저희도 오떡 추가해주세요!"

창수는 돈이 없는 학생들을 위해 오뎅도 떡볶이도 싸게 팔았다. 그뿐만 아니라 오뎅과 떡볶이가 세트로 묶여있는 오떡도 팔았는데 마진을 생각하지 않고 손님들에게 늘 푸짐하게 주었다. 거기에 더해 삶은 계란 반쪽을 서비스로 내놓았다. 창수가 그 비싼 계란을 서비스로 내놓을 수 있었던 건, 원양어선에서 동고동락했던 선원 중에 한 명이 계란 도매상을 시작했기 때문이었다. 그는 창수에게 꽤 고마워하고 있었는데, 목숨을 잃을 뻔한 사고를 창수가 막아줬기 때문이었다.

참치 잡이를 위해 주낙을 드리울 때였다. 주낙 투승은 가짓줄에 미끼를 끼우는 선원들과 모릿줄을 집어던지는 갑판장과 손발이 척척 잘 맞아야한다. 갑판장은 모릿줄을 던질 타이밍을 잡고, 선원들이 미끼를 다 끼웠다고 판단되면 '투승!'을 외친다. 이때 선원들은 미끼를 미처 다 끼우지 못하더라도 낚싯바늘에서 손을 뗀 후 뒤로 물러서야 한다.

여느 날과 다름없이 참치 잡이는 시작되었다. 그런데 원양어선을 탄 지 얼마 안 된 김 씨가 첫 조업에 긴장했던 탓인지 갑판장의 '투승!'이라는 외침을 그만 놓치고 만 것이다. 사고는 그때 터졌다. 뒤로 물러서지 않은 김 씨의 발에 모릿줄이 그냥 감겨버린 것이었다. 김 씨는 바로 갑판 위에 쓰러졌고 그런 김 씨를 범석이 잽싸게 덮쳤다, 김 씨가 바닷속으로 빨려 들어가지 않도록. 바닷속으로 빨려 들어가던 모릿줄이 팽팽해졌다. 안 되겠다 싶었다. 김 씨뿐만 아니라 김 씨를 잡고 있던 범석도 위험한 상황. 창수는 주위를 두리번 거렸다. 낫이 보였다. 그걸 주워 김 씨의 발목을 감고 있는 모릿줄을 잘라냈다. 그 충격에 범석과 김 씨 모두 뒤로 나뒹굴고 말았다. 그렇게 김 씨는 위기를 넘길 수 있었다. 하지만 그날 만선호의 참치 잡이는 더 진행할 수 없을 정도로 엉망진창이 되고 말았다.

김 씨는 그때 그 사건을 잊지 않았고, 창수에 대한 고마움의 표시로 계란을 헐값으로 넘겨주고 있었다. 분식집은 빠르게 자리잡아 갔다. 대학생, 고등학생들을 위주로 한 단골손님이 주를 이루었지만 제법 뜨내기손님들도 많아졌다.

어린 국민학생[10]이지만 해미도 분식집 일을 열심히 거들었다.

'해미엄마 보고 있지? 당신 딸이 내 일을 도와줄 만큼 이렇게 많이 컸어.'

그날도 얼굴에 미소를 한껏 머금고, '네, 갑니다!"하며 창수는 손님들이 주문한 떡볶이와 오뎅을 바쁘게 날랐다.

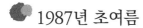 1987년 초여름

자주 봐왔던 터라 대수롭지 않게 여겼다. 하지만 근래에 데모가

---

10 초등교육기관의 명칭이었던 '국민학교'는 1996. 3월 '초등학교'로 그 명칭이 변경됨.

부쩍 늘었다. 기실 창수 입장에선 학생들이 데모를 하면 좋은 점보다 나쁜 점이 더 많았다. 대학교로 올라가는 길목에 분식집이 자리 잡고 있어 데모가 있는 날이면 가게 문을 닫아야만 했기 때문이었다. 아침나절부터 시작된 데모는 늦은 오후까지 이어졌다. 심지어 밤까지 끝날 줄을 모르고 계속되는 날도 많았다.

누군가는 피를 흘리고, 또 누군가는 잡혀가고, 또 그 혈기왕성한 학생들과 비슷한 연배인 전경들이 물러나고, 또 자욱하던 최루탄이 바닥으로 가라앉으면 비로소 그들의 '독재타도', '민주주의 쟁취'는 잠잠해졌다. 그러고 나면 으레 몇 명은 분식집을 찾았다.

"학생들 꼭 그렇게 해야만 하는가?"

"그럼요, 사장님. 저희마저 가만히 있으면 이 나라는 민주주의 국가에서 멀어지고 맙니다."

"그건 맞는 말인 것 같은데, 자네 부모들이 너무 걱정할 것 같아서……"

"아마 모르실 겁니다. …… 만약 안다고 하시면 저희가 이렇게 싸우는 이유를 말씀드려야겠죠."

그들은 빠른 손놀림으로 떡볶이와 오뎅을 입으로 가져가 오물오물하면서도 계속해 말을 해댔다.

"사장님도 아시겠지만, 꼭 저희만을 위해 우리가 싸우는 건 아닙니다. 우리 다음, 그 다음 세대들에게 좀 더 살기 좋은 나라를 물려줘야 한다는 생각에서입니다. 사장님도 자녀분이 좋은 나라에서 잘살았으면 하는 바람이 있지 않습니까? 저희도 그 희망을 품고 이렇게 싸우는 겁니다.”

“그러면이야 말할 것도 없이 좋겠지. 그래도 나는 자네들이 너무 고생하는 것 같아 안쓰럽네. 난 이 가게 안에 있어도 숨이 턱턱 막히는데, 밖에서 직접 최루탄 가스를 맡는 자네들은 오죽하겠나 싶네. 실은 아까 여학생 한 명이 최루탄 가스를 맡고 우리 가게 앞에 쓰러졌었네. 그래서 내가 문을 바로 열고, 그 여학생을 안으로 들여 수건으로 얼굴을 닦아주고 물을 먹였네. 그러자 조금 정신이 드는 것 같더라구. 그래서 다시 나가지 말고 잠잠해질 때까지 여기 있으라고 했지. 그런데 동지들 어쩌고저쩌고하면서 자신만 여기 있을 수는 없다고 하며 문을 열어달라고 해 어쩔 수 없이 보냈네만…… 나도 딸자식을 키우는 입장이라서 가슴이 많이 아려오더라고. 그러니 민주주의니 뭐니 그런 것도 중요하지만, 싸우더라도 자네들 몸도 챙기면서 싸우게.”

“네, 사장님!”

언제 데모를 하며 우리가 최루탄 가스를 마셨냐는 듯, 그들은 씩씩하게 대답했고, 일부는 학교로 되돌아가 다음날을 준비해야 한다고 하며 먼저 빠져나갔고, 남은 댓 명은 그들끼리 오늘 투쟁에 대해 뭐라 뭐라 또다시 이야기하기 시작했다. 그런 그들의 말을 엿들어보려 창수는 귀를 쫑긋 세워도 봤지만, 도통 알아들을 수가 없었다.

1988년 가을

한 아이가 등장했다. 그 꼬마는 그 커다란 운동장을 놀이터 삼아 굴렁쇠를 굴리며 가로질렀다. 국민학교 5학년이 된 해미는 가게 의자에 앉아 선반 위에 올려진 텔레비전을 통해 그 장면을 쳐다보고 있었다. 그걸 창수도 바닥에 대걸레질을 하며 같이 쳐다봤다. '우리나라에서도 이런 경사스런 행사가 있긴 하구나' 생각하며 말이다. 그때 해미가 말을 걸어왔다.

"아빠?"

"응."

"나도 저 굴렁쇠 굴리고 싶어."

"저 애는 너보다 한참 동생 같은데?"

"크다고 굴리면 안 되나?"

"안 될 거야 없지. 근데 왜 굴리고 싶은데?"

"저 애처럼 굴렁쇠를 굴리면 나도 텔레비전에 나올 수 있잖아."

"음…… 그럴 수 있지."

"…… 그러면 하늘나라에 있는 엄마가…… 거기에 있는 텔레비전으로…… 나를 볼 수도 있을 테고."

창수는 뭉클했다. 굴렁쇠를 굴려보고 싶다는 해미의 얘기보다 지금까지 해미가 엄마를 많이 그리워하고 있었구나, 생각하니 다 익어 뭉개져 없어졌을 거라 여겼던 뜨거운 무언가가 가슴 안에서부터 치밀어 올랐다.

분식집 일이 바쁘게 돌아가지 않을 때 해미엄마는 늘 창수 자신의 머릿속을 파고들었다. 그때마다 혹여 들어오는 손님들에게 우울한 표정을 지을까봐 머리를 흔들어대 해미엄마를 떨쳐내곤 했었다. 그런데 지금은 해미처럼 해미엄마가 너무나 그리웠다.

"정말 그럴 수도 있겠네. 근데 말이야, 해미야. 엄마는 네가 어디에 있든지 간에 널 지켜보며 돌봐주실 거야. 엄마가 해미 얼마나 사랑했는지 해미도 잘 알지?"

"그래도 저렇게 씩씩하게 굴렁쇠를 굴리는 모습을 엄마에게 보여주고 싶어."

창수는 더 이상 말을 잇지 못했다.

곳곳이 축제 분위기였다. 연일 텔레비전에서는 우리나라 선수가 펼치는 경기와 선수들의 메달 수여식 장면을 반복해서 내보내고 있었다. 올림픽의 여파는 창수 가게에도 미쳤다. 분식집을 찾는 사람들은 여느 때처럼 주머니에서 돈을 꺼내는 걸 주저하지 않았다. 하지만 그들처럼 분식집을 찾는 사람들 모두가 웃으면서 음식을 먹는 것만은 아니었다. 분식집에서 큰길을 쭉 따라 대학교를 지나치면 그 위가 산자락이었는데 그곳에 달동네가 있었다. 판자촌이었고 들리는 얘기로는 대부분 무허가 건물들이라고 했다. 그곳에 거주하는 사람들이 떡볶이와 오뎅을 먹기 위해 간간이 분식집을 들르곤 했다.

"남들은 올림픽을 치르게 되니 나라에 경사가 났다고 난리들 치지만 우리는 그냥 쾅, 죽어버리고 싶은 심정뿐입니다. 얼마 전 옆집에 사는 박 씨가 분신을 기도해 병원으로 옮겨졌으나 이틀 뒤에 끝내 숨을 거두고 말았습니다. 남 얘기가 아니죠. 우리도 다 같은 심정이니까요. 올림픽을 치르는 거하고 저희가 사는 판잣집을 정리하는 거하고 무슨 상관이 있다고 이 사달을 낸단 말입니까. 그 벼락 맞을 대통령한테 묻고 싶습니다. 왜 우리를 가만두지 않고 이렇게 괴롭혀 이승과 고별하게 만드느냐고요? 정말 미칠 지경입니다. 식구들만 아니면 저도 조용히 눈을 감고 싶습니다. 무전유죄라고. 참으로 암담할 뿐입니다."

"그래도 어쩌겠습니까. 참고 인내하면서 살아야지요. 식구들을 보면서요."

"그렇긴 하지요. 가끔 이 가게에 오면 저흰 사장님이 그렇게 부럽습니다. 조그맣지만 이런 가게라도 운영하고 계시니까요."

"그렇게 생각하실 수도 있겠죠. 선생님에 비하면 저는 행복한 삶을 살고 있는지 모르니까요. 아무튼 힘들겠지만 가족을 절대 잊어서는 안 됩니다. 저도 이렇게 일하며 사는 건 제 딸이 저에게 희망이자 꿈이기 때문입니다. 힘내시기 바랍니다."

말은 그렇게 했지만 그들을 도와줄 수 없는 자신이, 창수는 한편으론 부끄러웠다.

1994년 가을

여느 때와 다를 바 없이, 이른 새벽 버스를 타고 시장에 나가 필요한 재료들을 사 가게에 가져다 둔 다음 창수는 가게 청소를 시작했다. 어제 늦은 장사로 미처 하지 못했던 설거지를 다 하고 밀걸레로 바닥을 닦아냈다. 그러곤 행주로 탁자를 훔치던 중 켜놓은 텔레비전을 우연찮게 쳐다봤다.

'속보……' 요즘 눈이 멀어 잘 보이지가 않는다. 다시 한 번 쳐다봤다. '속보…… 대교……붕괴' 무심한 듯 넘기려 했지만 궁금했다. 무슨 일인고…… 텔레비전 앞으로 바짝 다가섰다.

'속보 성수대교 붕괴. 교통체증으로 인해 인명 구조 지연'

'성수대교가 붕괴됐다고. 저 다리는 우리 해미가 학교 갈 때면 지나쳐야 하는 곳인데…… 지금이 몇 시더라.'

8시가 다 돼 가고 있었다. 해미는 행당동에서 마을버스를 타고 가 16번 버스로 갈아탄다. 오늘 아침에도 특별한 일이 없었다면 해미는 7시에 집을 나섰을 것이다…….

다리에 힘이 풀렸다.

'전화를 먼저 해야 할까? 아니다. 지금 학교로 전화해 봤자 아무 소용이 없을 것이다. 그럼, 119. 아니, 구조 작업이 지연되고 있다고 하지 않는가? 그럼, 그래, 내가 성수대교로 가봐야 하는 게 맞다.' 이제 밖으로 뛰쳐나가야 한다. 그런데 이놈의 발바닥은 바닥에 턱,하니 달라붙어 왜 떨어질 생각을 하지 않는지.

간신히 분식집을 나와 큰 거리로 나섰다. 출근 시간 때라 그런가? 이놈의 택시들은 도무지 잡힐 생각을 하지 않는다. 맘 같았으면 도로에 뛰어들어 택시에 매달려서라도 성수대교로 가야 하는데 말이다. 이런 일이 있을 줄 알았더라면 중고 트럭이라도 한 대 사 둘 걸.

더블을 외쳤다. 그제야 택시 한 대가 멈춰 섰다.

"성수대교로 가 주세요."

"그쪽은 지금 차가 많이 막힐 텐데요, 아침 속보 못 보셨어요? 성수대교가 붕괴됐다고."

'그래, 알아! 아니까, 잔소리 말고 빨리 가라고!'

택시를 타고 가는 시간은 해미엄마를 보낸 세월만큼이나 길었다.

'폴리스라인. 저건 뭐야? 살인현장에서나 볼 수 있는 거 아니야? 왜 못 들어가게 막고 지랄은 지랄이냐고!'

"들어가 봐야 할 것 같습니다."

"안 됩니다. 지금은 들어갈 수 없습니다."

"제 딸내미가 저기 있습니다."

"지금 구조 작업이 진행 중이니, 이곳에서 기다리십시오."

'이 새끼야, 너라면 여기서 마냥 기다리고 있겠냐고!' 창수는 서로 맞잡고 있는 경찰의 손을 뿌리치고 들어가려 했다.

"이러시면 안 됩니다. 물러나세요!"

"들어가 봐야 합니다."

"물러나시라구요!"

창수는 그 자리에 털썩 주저앉고 말았다. 눈에서는 뜨거운 물이 쏟아졌고, 그동안 잊고 살았던 해미엄마가 머릿속을 헤집고 찾아왔다.

– 해미아빠, 내 말 들려요? 여보! 해미아빠! 해미만을 절대 안 돼요. 우리 해미를 저한테 이렇게 보내시면 절대 안 되는 거 아시죠? 해미아빠 내 말 들려요? 말 좀 해봐요! 네? 말 좀 해보시라구요!

"아빠?"

"응."

"부탁 하나 해도 돼?"

"하하, 우리 해미가 웬일이냐, 부탁이란 걸 하게."

"나, 예술 고등학교에 가고 싶어?"

"예술 고등학교?"

"응. 강 건너 강남에 있어."

"거기서 뭘 공부하고 싶은데?"

"영화."

"영화라고?"

"어, 그 학교에 영화 관련 과목이 있대. 거기에 가서 열심히 공부해 대학도 영화 관련 학과를 가고 싶어."

"그럼 영화 쪽에서 일하고 싶다는 게냐?"

"어. 아빠한테는 뜬금없는 얘기로 들릴지 모르겠지만…… 나, 영화감독하고 싶어. 그래서 이렇게 아빠한테 부탁하는 거야. 학비는 일반 고등학교보다 좀 비싸. ……그치만 꼭 가고 싶어. 아빠 응?"

해미가 떼쓰며 부탁한 건 처음이었다. 해미가 중3이 되었을 때 일이었다.

엄마가 보고 싶다고 떼를 쓰거나, 용돈이 부족하다고 투정을 부리거나, 옷이 없다고 투덜대거나, 사춘기가 돌아왔을 때도 그 흔한 반항 한 번 안 하던 아이였다. 그런 해미가 처음으로 부탁이란 걸 아빠에게 해왔다.

"힘들지 않겠어? 다리 건너 동네로 학교를 다녀야 하는데?"

"응, 괜찮아. 그건 신경 쓰지 마, 아빠. 난 말이야 꼭 영화감독 돼서 아빠가 일했던 망망대해를 배경으로 영화를 만들 거야. 그 영화속 주인공은 당연히 마도로스였던 아빠고."

"하하. 말이라도 고맙다, 해미야. 그럼 우리 해미를 위해 아빠가 지금보다 더 많이 돈을 벌어야 되겠네, 하하. 앞으로 잘 부탁드립니다, 홍해미 감독님!."

그렇게 둘이 큰소리로 한바탕 웃어댔던 기억이 창수를 또 눈물짓게 만들었다.

합동영결식. 고2, 꽃다운 나이였다. 해미가 있는 곳에는 해미뿐만 아니라 다른 아이들도 있었다. 해미와 친한 친구 녀석도 보였다. 고등학교 입학한다고 동네 허름한 사진관에서 찍어줬던, 환하게 웃고 있던 해미의 얼굴. 그게 저기에 놓여있다.

'해미야, 거기 있지 말고, 이리 나오면 안 될까? 아빠가 있는 이곳으로 다시 걸어 나오면 안 될까? 아빠랑 얘기하기로 한 거 있잖아? 엄마 가까운 곳으로 데리고 오자고. 보고 싶어도 부산에 있어 자주 못 본다고. 엄마도 좋아할 것 같으니까, 서울로 꼭 데려오자고. 그래서 부산에는 언제 내려갈 건지 얘기하자고 했잖아⋯⋯'

나이 서른에 해미를 봤다. 원양어선 네 번째 조업이 끝나고 부산으로 들어왔을 때 창수는 용기를 내 해미엄마에게 청혼을 했고 바로 그해에 조촐한 식을 올렸다. 그러곤 다시 원양어선을 타고 창수는 먼 바다로 향했다. 그렇게 태평양 한가운데에서 참치를 한창 건져 올릴 때 해미가 태어났다.

조업을 마치고 다시 뭍으로 돌아왔을 때 해미와의 첫 대면이 창수는 잊히지 않는다. 올망졸망한 눈을 크게 뜨고 엄마의 가슴에서 젖을 빨던, 그러다 엄마에게서 젖이 안 돌았던지 크게 울어 젖히던 그 모습. 그걸 보면서 창수는 기쁨의 눈물을 훔쳤었다.

친척이라곤, 몸조리를 도와줄 사람이라곤 없는 타지에서 해미엄마는 택시를 잡아 병원을 찾고, 해미를 낳고, 홀로 몸조리를 했다.

그래서였을까, 해미는 그리 튼튼하지 못했고 가녀린 몸은 늘 성치 않았다. 해미 엄마도 그런 해미를 돌보느라 늘 진이 빠져있었다.

텔레비전에선 연일 성수대교 붕괴에 대해 어쩌고저쩌고를 내보내고 있었다.

성수대교 붕괴로 희생자 다수 발생. 일반 시민도 포함되어 있지만 대부분 학생들
사고가 난 곳은 성수대교 다섯 번째, 여섯 번째 교각
부실시공이 원인으로 밝혀짐
사고가 발생하기 전 여러 차례 이상 징후가 포착됐음에도
당국이 이런 징후를 무시해, 결국 대형 참사가 발생함

이에 발맞춰, 당국의 ○○부처 관계자가 어쩌고저쩌고하며 성명을 내놓았다.

참으로 가슴 아픈 일이 아닐 수 없습니다. 다시는, 이런 참사가 재발되지 않도록 당국은 최선을 다하겠습니다.

다 시끄럽다, 개새들아! 뭔가가 꼭 터지면 그때 기어 나와서 다시는 그런 일이 재발되지 않도록 최선을 다하겠다고! 엿이나 먹어라, 개새들아!

살아가야 할
이유

1995년 초여름

  그리고 일 년 후, 그들은 또다시 재발 방지를 외쳤다. 오너 측 관리 소홀이 가장 큰 문제였다고 은근슬쩍 책임을 전가(轉嫁)하면서.

  삼풍백화점 붕괴는 저희로서도 참으로 안타까운 일이 아닐 수 없습니다. 다시는, 이런 참사가 재발되지 않도록 당국은 최선을 다하겠습니다.

  그 주둥아리 다물라!

1995년 가을 ~ 1997년 초 겨울

해미가 곁을 떠난 지 일 년이 됐다. 창수는 여전히 분식집 일이 손에 잡히지 않았다. 살아가야 할 희망이, 이유가 사라져버린 것이다. 꿈에 해미가 자주 나타났다. 아파하며 울 때도 있었고, 해맑게 웃을 때도 있었다. 아파하며 울 때는 얘기 없이 하염없이 울기만 했고, 해맑게 웃을 때는 창수에게 말을 걸어왔다.

아빠, 너무 슬퍼하지 말고 밥 잘 챙겨 먹고 씩씩하게 지내라고. 그런 너는 배고프지 않냐고? 아빠가 해준 떡볶이와 오뎅을 너무 많이 먹어 지금까지는 배가 고프지 않다고. 배고프면 얘기하라고, 아빠가 너 있는 곳으로 찾아가겠다고. 그러지 말라고, 이곳에서도 맛있는 것은 많다고. 이제 아빠도 그만 슬퍼하고 씩씩하게 잘 지냈으면 좋겠다고.

해미도 아빠가 마사는 걸 원치 않을 것이다. 이를 다시 악물었다. 가게는 예전 같지 않았지만 안타까운 사연을 접한 대학생들이 분식집 일을 거들었고, 해미 또래인 고등학생들도 더 자주 찾아주었다. 창수는 그저 고마울 뿐이었다.

친애하는 국민 여러분, 우리 갱제는 매우 어려운 상황에 처해있습니다, 어쩌고저쩌고. 대통령으로서 국민 여러분께 송구스러울

따름입니다, 어쩌고저쩌고. 자기희생 정신이 있어야 민주주의도 국가 갱제도 올바르게 커 나갈 수 있습니다, 어쩌고저쩌고. 정치인, 갱제인, 근로자, 국민 모두가 이 위기를 극복하고야 말겠다는 각오로 한마음으로 뭉친다면 우리는 반드시 헤쳐 나갈 수 있습니다, 어쩌고저쩌고. 본인은 이 위기를 극복하기 위해 IMF(국제통화기금)의 자금지원 체제를 활용하겠습니다, 어쩌고저쩌고……

어쩌고저쩌고하며 일장연설을 늘어놓았지만 결국, 대통령의 담화요지는 IMF에 손을 벌리겠다는 거였다.

IMF 구제 선언.[11]
해미를 잃은 슬픔을 견뎌내기 위해 창수는 더욱더 분식집 운영에 매진했다. 하지만 IMF는 그나마 남아있던 희망마저 송두리째 앗아가 버렸다.
학생들도, 부모들이 허리띠를 졸라매니 용돈이 줄어들 수밖에 없었고, 이젠 오뎅, 떡볶이 하나라도 사먹는 걸 두려워했다. 회사를 다니는 직장인들도 마찬가지였다. 때문에 전(前)보다 수입은 눈에 띄게 줄었다. 그럼에도 창수는 분식집만은 유지하고 싶었다. 하지만 비싼 임대료, 거기에 더해 물가까지 치솟는 바람에 음식 단가를 맞추기가 힘들었다.

---

11 국가가 부도 위기에 처했다고 판단한 대통령이 1997. 11월 IMF(International Monetary Fund)에 구제 요청을 하게 된 사태.

해서 임대료를 조금 내려줄 수 없겠느냐고 건물주에게 부탁했다. 그말을 들은 건물주는 꿈쩍도 하지 않았다. 그 정도 임대료는, 지금이라도 당장 주고 가게에 들어오려는 사람들로 쌔고쌨다고 하면서.

결국, 분식집 문은 닫아야만 했다.

● 1997년 겨울 ~ 1999년 가을

살아서 뭐하나 싶었다. 해미엄마, 해미를 따라가고 싶었다. 가고 싶지도, 보고 싶지도 않았던 성수대교 붕괴현장을 찾았다. 뜻밖에, 언제 참사가 있었냐는 듯 새로운 다리가 들어서 있었다. 물속으로 뛰어들고만 싶었다. 그때 환청이 들려왔다.

'아빠 그러면 안 돼. 아빠가 그러면 내가 더 슬퍼지잖아.'

해미였다. 해미는 언제 또 나에게 찾아왔단 말인가. 제방에 걸터앉아 술을 마셨다. 그 덕에 추위는 잊을 수 있었다. 해미엄마가 죽은 뒤 끊던 술이다. 타는 목으론 술이 들어가고, 코에선 시린 콧물이, 눈에선 뜨거운 눈물이 하염없이 흘러내렸다.

뒤척이다 눈을 떴다. 역(驛)인 것 같았다. 어떻게 여기까지 왔는지 기억이 없다. 아마도 술에 취해 성수대교에서 가장 가까운 역으로 걸어온 듯싶었다. 숙취가 남아있는지 머리가 띵하니 아파왔다.

역은 아침에 출근하는 사람들로 북적댔다. 창수는, 그들이 자신을 힐끔힐끔 쳐다보는 것만 같았다. 부끄러웠다. 처음엔 그랬다. 역 근처에 있는 슈퍼를 찾았다. 술을 한 병 사서 마셨다. 어제의 술기운과 더해지자 몸이 노곤해지며 추위가 싹 가셨다. 부끄러운 마음도 함께 사라졌다.

다시 역으로 향했다. 어제 그 자리에 박스를 깔고 다시 누웠다.

'해미야, 아빠가 정말 미안해. 이젠 아빠도 살아갈 희망이 없어.'

머리는 온통 이대로 눈 뜨지 말았으면 하는 생각으로만 가득 차 있었다.

이유 없이 이곳에 온 사람은 없었다. 모두들 사연이 있었다.

"내가 잘 나갈 때는 외제 자가용도 몰고 다녔는데…… 그놈의 아이엠에프가 뭔가 하는 게 터져서 이렇게 돼 버렸다니께."

"나도 대기업 하청을 받아 물품을 제조해서 넘기는 일을 했는데, 아이엠에프가 터지는 바람에 하청이 바로 끊겨버린 거야. 거기다가 그동안 납품했던 물품대금도 그놈들이 꼼지락거리며 내놓칠 않으니 난들 어쩌겠어. 적자가 눈덩이처럼 불어나 회사를 부도처리할 수밖에 없었지. 젠장, 이럴 줄 알았으면 뒷돈이라도 챙겨둘 걸. 나도 참 순진하고 멍청하지, 멍청해."

"배부른 소리들 하고 있소. 난 하루 벌어 먹고사는 잡부였는데 말이죠. 아이엠에프 닥치니까 일이 딱 끊깁니다. 건설업이 폭삭 주저앉아 버렸으니 우리 같이 잡일 하는 놈들 일거리나 있긴 하겠소? 암튼 이번 기회에 정부에서 일하는 놈들은 죄다 갈아치워야 한다고 봅니다. 당최 나랏일을 어떻게 했길래, 돈이 없어 거지같이 아이엠에프에 구걸질이냐고. 썩어빠질 새끼들."

아무 말도 하지 않았지만 창수는 그들의 얘기가 틀리지 않다고 생각했다. 그렇다고 이 자리에 계속 남아있으면 안 될 것 같았다. 그나마 잔존하고 있던 살고자 하는 불씨가 아예 사그라질 것만 같아서였다.

그들 틈바구니에서 빠져나와 좀 떨어진 곳에 다시 박스를 펴고 누웠다.

- 여보, 나왔어.

- 당신 왔어요. 고생 많으셨죠. 회사 일은 요즘 어때요?

- 뭐, 지금 정부[12]가 너무나 잘하고 있어 회사 상황이 너무 좋아. 당신도 알겠지만 개혁적인 정책을 과감하게 추진해주니 우리 같은 중소기업이 되살아나고 있는 거지. 경제뿐만 아니라 사회적으론 고위공직자 비리를 캐내고, 정치적으론 하나회를 청산하고, 금융적으론 실명제를 도입하고. 그리고 중요한 건 이 정부 들어 큰 사건, 사고가 하나도 없다는 거 아니겠어. 이 정도면 이 정부가 이 나라를 정말로 잘 이끌고 있는 거지, 뭐. 난 지금 만족해. 앞으로도 이 정부가 계속해 이 나라를 이렇게만 이끌어준다면 살맛나지 않겠어?

- 호호, 그러게요. 저희가 감히 강남에 있는 아파트에 살 거라 꿈이

---

12 당시 문민정부(1993년)는 공직자 재산 공개(공직자 윤리법 개정, 사정기관·사회지도층 비리에 대한 사정), 금융실명제 실시(지하경제 축소·정치 뇌물 관행 감소, 금융소득종합과세 도입, 부동산거래 실명제 도입), 하나회 척결(군(軍) 개혁 및 군 내 비리 척결) 등 다소 개혁적인 정책들을 내놓음.

나 뭤겠어요. 이 정부 들어서부터 당신 사업도 잘 풀리고 해서 그렇죠. 아무튼 저는 지금 행복해요. 당신과 우리 토끼 같은 두 딸 해미와 해연이도 있고요.

– 하하, 그렇게 나도 지금 너무 행복해.

– 여보, 그리고 애들 얘기가 나와서 하는 말인데요. 해미하고 해연이 옷 좀 사줘야 할 것 같아요. 해미는 고3인데도 옷에 너무 신경을 안 써 제가 더 안쓰러워 보여요. 교복[13]이라도 입으면 그나마 신경을 안 쓸 텐데, 사복을 입고 다니니 더 맘에 걸리네요. 그리고 해연이는 지 언니와 달리 옷 사달라고 매번 투정 부리구요.

– 그러긴 하네. 애들한테 근검절약만 강조해 나도 늘 미안하더라구. 특히 해미는 특수학교잖아, 예술 고등학교. 말은 안 해도 얼마나 옷에 신경이 쓰이겠어. 그러도록 해, 당신이 시간 날 때 애들 데리고 백화점이나 한번 다녀와.

– 네, 고마워요, 여보. 그리고 사랑해요.

– 나도 당신 사랑해.

– 김 비서 지금 뭐라고? 뭐가 무너졌다고?

– 네, 사장님 삼풍백화점이 무너졌답니다.

– 삼품백화점. 거기 우리 동네에서 가장 큰 백화점이잖아. 그 건물

---

13 당시 문교부(지금의 교육부)가 1983년부터 중고등학생이 교복을 입지 않고 자유복을 입을 수 있도록 하는 교복자율화조치를 시행. 그러나 교복자율화 시행 3년 후인 1986년 2학기 때부터 다시 복장자율화 보완조치를 채택해 학교장의 재량에 따라 교복을 입거나 자유복을 입도록 함.

이 무너졌단 말이야. 참, 이게 무슨 날벼락이야. 이 정부 들어서는 참
사가 없을 줄 알았더니만. 김 비서 오늘이 몇 요일이지?

– 29일이니까, 수요일입니다.

– 수요일…… '해미 엄마가 오뉴월에는 개도 안 걸린다던 감기가
애들한테 걸려 병원에 데리고 갈 거라고 했는데……그리고……그리
고 애들 옷 한 벌씩이라도 사줘야겠다고 하며, 근처 백화점이 지금 세
일 중이라 좋은 옷을 아주 싼값에 살 수 있다고 하면서 거기를 한번
들러보겠다고 했는데……'

삼풍백화점 붕괴는 저희로서도 참으로 안타까운 일이 아닐 수 없습
니다. 다시는, 이런 참사가 재발되지 않도록 당국은 최선을 다하겠습
니다.

– 해미엄마? 해미야? 해연아? 아빠 왔어! 어디 있어? 이리 좀 나와
봐! 해미엄마! 얘들아! 아빠가 집에 왔다고! 지숙아! 해미야! 해연아!
아빠 왔다니까, 도대체 어디들 있는 거야!

"저기요?"

누군가 부르는 것 같았다.

"아저씨!"

게슴츠레 눈을 떴다, 잔뜩 웅크린 채로.

"무슨 땀을 그렇게 흘리세요? 아저씨, 저 모르겠어요?"

모르는 이가 알은체를 한다.

"아저씨, 혹시 해미분식집 사장님 아니세요?"

창수는 그제야 입을 뗐다.

"네에. …… 하지만 지금은 아닙니다. 근데 누구시죠?"

"아, 내가 보긴 잘 봤네요. 회사가 이쪽에 있어 제가 이 역을 자주 이용하는데, 지하철을 타고 내릴 때 간간이 사장님 같은 분이 눈에 띄는 거예요. 처음엔 혹시나 하는 생각이 들었었죠. 하지만 이내 닮은 분이겠지, 하고 맘을 접었드랬습니다. 그러곤 근래에 일이 바빠 통 못 갔던 사장님 분식집을 간만에 찾았드랬습니다. 근데 간판을 내렸더라구요. 분식집은 이미 옷가게로 바뀌어 있었고. 그래서 다시금 곰곰이 생각해봤습니다. 만약 사장님이 가게를 접었다면 여기에 계시는 분일 수도 있겠구나 하구요. ……사장님, 저 기억 안 나세요? 사장님이 그랬잖아요, 저희 가게는 주로 학생들을 대상으로 하는 장산데, 회사를 다니는 사람이 이렇게 꾸준하게 찾아와주는 게 아주 보기 드문 일이라고 하며, 자주 못 올 테니 많이 먹고 가라며 오뎅도 떡볶이도 더 얹어주곤 하셨잖아요."

"아……아……"

창수는 그제야 그를 알아보겠다는 듯 눈을 껌뻑거렸다.

생각이 났다. 그는 해미분식집 마감 시간 때쯤에 늘 들렀던 사람이었다. 들르려면 좀 일찍 오지 왜 이렇게 늦게 오나, 하고 창수는 혼잣말로 구시렁댄 적도 있었다. 물론 그 시간쯤이면 직장인들이 오뎅을 먹기 위해 많이들 들르곤 했었다. 하지만 대부분 술을 거하게 먹고 난 뒤였지, 그처럼 깔끔한 정장 차림에 늘 맨정신으로 가게를 찾는 이도 드물었다. 그런 그를, 창수는 야간업소에서 일하는 사람으로 생각한 적도 있었다.

그는 그 자리에 그대로 쪼그리고 앉아 창수가 분식집을 접게 된 사연을 한참 동안 귀담아 들었다.

얘기를 다 들은 후 그는 "사장님 여기에 제 이름과 주소를 써 드릴 테니까, 내일 점심시간 이후에 찾아오세요. 꼭! 오시는 겁니다" 하며 신신당부하고 그 자리를 떴다.

추측했던 장소와 다르게 건물은 강남 한복판에, 생각했던 거와 다르게 건물은 유럽식 고풍 양식을 따르고 있었다. 규모도 꽤 컸다. 하나, 둘, 셋, 넷…… 층수의 헤아림은 팔에서 멈춰 섰다. 건물 맨 위 꼭대기에는 '동진샷시'라고 쓰인 간판이 내걸려있었다. 크지 않으면서 밖으로 크게 돌출되지 않은, 하지만 눈에 잘 띄게 입체적으로 만들어진 간판이었다. 동진? 그 사람 이름이 이동진이라고 했었나? 창수는 호주머니를 뒤적거려 그가 써준 쪽지를 꺼내 쓱 훑어보았다.

다른 사람들이 하는 행동을 따라 회전문을 밀고 건물 안으로 들어섰다.

"아저씨 어떻게 오셨어요?"

어정쩡한 창수의 태도와 달리 무척 밝고 경쾌한 목소리였다. 데스크에서 안내를 도와주는 직원인 듯싶었다.

"……이 건물에 있다고 했는데…… 이동진 씨를 만나 뵈러 왔습니다만……"

"아 그래요. 저희 사장님이신데, 혹시 약속은 하고 오신 건가요?"

"사장님이요?"

뜻밖의 얘기였다. 사장님이라니.

"약속했다기보다는 어제 꼭 한번 찾아오라고 해서……이렇게 오긴 했습니다만……"

"그럼, 잠깐 기다려보세요."

여직원은 전화 수화기를 들고 상대방에게 무언가를 얘기하는 것 같았다.

그리고 잠시 후 "아저씨 성함이 어떻게 되세요?" 물었다.

"홍창수라고 합니다."

"맞네요. 일단 올라가보세요. 사장님은 지금 회의가 안 끝나셔서 자리를 비우셨는데, 비서에게 선생님이 찾아오시면 사장실로 모시라고 했답니다. 저쪽 엘리베이터를 이용하시면 됩니다."

비서의 안내를 받고 사장실 안으로 들어섰다. 큰 건물과 달리 사장실 내부는 아담했다. 집기도 소박했다. 책상과 의자, 손님용 작은 테이플 한 개, 그 테이플 두고 양옆으로 놓여있는 소파 두 개가 다였다. 대신 벽면을 꽉 채운 서가가 참으로 인상적이었다.

소파에 앉아 비서가 갖다 준 커피를 마시며 사장실 이곳저곳을 마저 훑어보았다. 처음엔 미처 보지 못했던 책상 위의 상패가 눈에 들어왔다. 책상과 소파 사이가 그리 멀지 않았기에 목을 쭉 내밀어

상패 가까이에 눈을 댔다. 상패는 크지 않고 비록 작은 글씨로 쓰여 있긴 했지만, 상패의 글귀를 뒤쪽에서도 읽기에 충분했다. 오른쪽부터 반대 방향으로 찬찬히 읽어나갔다.

'건설 부문 우수 중소기업 선정'

기다린 지 삼십 분여가 지나자 사장이 집무실 안으로 들어왔다.

"사장님, 죄송합니다. 비서에게 메모를 받고 빨리 끝낸다고 했는데 회의가 길어졌습니다. 차라도 드셨습니까?"

"네, 커피 마셨습니다."

"그럼, 사장님 다른 얘기들은 차차 나누시는 걸로 하구요, 본론부터 얘기하도록 하겠습니다."

목이 말랐던지 테이블 위에 놓인 물을 사장은 벌컥벌컥 들이켰다.

"사장님, 건설현장에서 일해보시는 건 어떻겠습니까?"

"건설현장이요?" 일할 수 있게끔 도와준다는 것만으로도 감사한 일이었다. 그런데 약간 생소해 겁도 났다. 창수의 그 표정을 사장은 놓치지 않았다.

"사장님, 걱정 안 하셔도 됩니다. 일은 저희 회사와 관련된 일이구요, 간단히 말해 신축 아파트에 샷시를 다는 일입니다. 물론 아파트뿐만 아니라 일반 주택에도 들어가구요. 그럼, 사장님께선 뭘 하셔야 하느냐? 처음에 하실 일은 샷시를 옮기는 겁니다. 어찌 보면 버거울 수도 있겠지만 일을 배워가며 하신다고 생각하면 그리 힘들진 않을 겁니다."

"정말, 제가 잘할 수 있을까요?"

"아이고, 사장님! 사장님이 누구세요, 그 유명한…… 아, 그 유명했던 해미분식집 사장님 아닙니까. 가게도 사장님께서 경영을 잘못해 접은 게 아니라 여건이 녹록치 않아 그렇게 된 거잖아요. 예전에 분식집에 들를 때면 전 사장님의 성실함을 늘 봐왔고, 그런 사장님을 지금도 믿어 의심치 않습니다."

"그런 과찬의 말씀을……"

사장 말처럼 샷시 작업은 그리 쉬운 건만 아니었다. 오십이 넘어서자 창수도 기력이 딸렸다. 유리가 끼워진 샷시는 무거울 뿐만 아니라 꽤 조심스럽게 다뤄야만 했다. 조심하라는 말을 십장은 입에 달고 다녔다. 하루 종일 샷시 나르는 일을 하고 나면 허리가 아파왔고 온몸이 뻐근했다.

그래도 일을 할 수 있다는 것만으로 창수는 마냥 행복했다. 다시 태어난 기분이었다. 근래에 해미엄마와 해미가 꿈에 자주 나타났다. 해맑게 웃으면서 말이다.

여느 때처럼 일은 아침 일찍 시작되었다. 그날 샷시 물량은 꽤 됐다. 새롭게 지어진 고층 아파트에 샷시를 다는 첫날이기도 했다. 하지만 날씨가 좋지 않았다. 공사현장에서 일하기에도 안 하기에도 가장 애매한, 초겨울비가 보슬보슬 내리고 있었다. 특히 빗물에 젖은 미끄러운 샷시를 들었다 놨다 해야 하는 건 작업자들에겐 완

전 쥐약이었다.

불길한 예감은 틀리지 않는다고 했던가.

창수와 그의 동료가 겹겹이 쌓여있는 샷시를 화물차에서 하역해 신축 아파트 쪽으로 옮기기 위해 샷시에 묶여있는 고무 끈을 풀었고, 그런 다음 제일 앞쪽의 샷시를 들고 이동하려 할 때였다. 찰나였다. 남아있던 샷시들이 와르르 쓰러지며 창수와 그의 동료를 그대로 덮쳐버렸다. 양손으로 샷시를 들고 있던 그들은 이러지도 저러지도 못한 채 그 무거운 샷시를 온몸으로 받아내야만 했던 것이다.

119는 도착하자마자, 의식불명에 빠진 그들을 싣고 황급히 현장을 떠났다.

창수는 다음날 깨어났다. 담당 주치의는 넘어진 샷시가 창수의 머리를 강타했는데, 머리가 터져 그나마 다행이라고 했다. 만약 머리가 터지지 않아 피가 머릿속에 그대로 고여 있었더라면 더 위험했을 수도 있었다고 하면서. 안정을 취하라는 말과 함께 의사는 병실을 나섰다. 그러면서 한마디 덧붙였다. 불행히도 동료는 아직까지 의식이 돌아오지 않았다고. 넘어진 샷시가 동료의 목과 가슴을 짓누른 것 같은데 아마 그때 저산소성 뇌손상이 발생한 것 같다고 했다.

자신도 자신이지만 동료가 걱정됐다. 의식이 없는 동료에게 가봐야 했다. 오른팔로 몸을 지탱해 병상에서 일어나려 했다. 그런데 오른팔이 푹, 꺾이면서 병상에 다시 드러눕고 말았다. 오른팔이 말을 듣지 않았다. 마취 때문이라고 생각했다. 그런데 안쪽으로 접혀

져야 할 팔이 계속 밖으로 꺾어지는 것이다. 담당 주치의를 호출해
달라고 소리쳤다.

"선생님, 이상하게 제 오른팔이 말을 듣지 않습니다."

"느낌은 있는 것 같습니까?"

"아니요, 없습니다."

실상은 이랬다. 그날 창수는 넘어지면서 깨진 샷시의 유리 파편
에 팔을 찔렸고, 그 파편들이 팔뼈 깊숙이 파고들었던 것이다. 그
런데 더 안타까운 건 손을 쓸 수 없을 만큼 팔뼈가 조각조각 깨져
버린 것이었다. 이에 대해 담당 주치의는 이미 절단했어야 했다고
했다. 단지 당사자에게 그 경위를 설명한 후 그렇게 하고자 했으
며, 그간 고통이라도 덜어주기 위해 마약에 가까운 진통제를 사용
했다고 했다.

그럴 리 없다며 창수는 현실을 인정하려 들지 않았다.

"선생님, 제가 말입니다. 왕년에 어른 키만 한 참치도 이 오른팔
로 거든히 들어 올렸던 놈입니다. 제 팔이 그렇게 쉽게 무너질 놈
이 아닙니다. 선생님께서 뭔가 착각하신 것 같은데, 정밀하게 다시
한 번 살펴보시면 제 오른팔이 아직도 생생하다는 걸 아실 겁니다.
허허, 선생님도 농담을 하셔도 어느 정도까지 하셔야지요. 선생님,
제가 말입니다요, 홍창수입니다. 왕년에 제 키만 한 참치를 이 오
른팔로 거든히 들어 올렸던 바로 그 홍창수란 말입니다."

그 와중에도 눈치 없는 눈물은 왜 자꾸만 흘러내리는 것인지.

1999년 겨울

불행한 일이 발생해 안타깝다고 하며 그래도 먹고살기 위해 무어라도 당장 해야 되지 않겠냐고 사장은 말했다. 다른 일자리를 자신이 알아봐 줄 수 있다고 했다. 월급은 그리 많지 않지만 아픈 몸을 챙겨가며 일하기엔 그만한 자리도 없다고 하면서.

이번에도 사장의 배려가 있었다. 아파트 경비원으로 채용될 거라했다. 하지만 창수에겐 고민이 됐다. 그때 그 사건으로 인해 아직도 자신이 수배 상태에 있다면 사장의 배려를 덥석 받아들일 수만은 없었다. 동진샷시에 들어갔을 때만 해도 자신에 대한 사장의 믿음이 있었기에 신원조회에 신경 쓸 필요는 없었다. 하지만 이번은 달랐다. 전후 사정을 사장에게 얘기해야만 할 것 같았다.

처음에 사장은 난처하다는 표정을 지었다. 하지만 자신이 보장하는 사람이라고 아파트관리소장에게 잘 얘기해보겠다고 했다. 그렇다고 안심할 수는 없었다. 관리사무소에서 자신도 모르게 신원조회를 할 수 있기 때문이었다. 그나마 다행인 건 아파트경비원을 공개적으로 채용하기보다는 지인들을 통해 대부분 소개 받는 경우가 다반사여서, 그 가능성은 그리 높지 않다는 거였다.

면접 후 신원에 대해 관리사무소에선 별 얘기가 없었다.

창수는 거처를 고시원으로 옮겼다. 그동안 회사가 제공한 장소에 머물렀으나 회사를 떠나는 마당에 그곳에 더 이상 머물러서는 안된다는 생각이 들어서였다. 사장은 극구 말렸다. 하지만 창수의 고

집을 꺾을 수는 없었다.

경비원으로 근무할 아파트는 한적한 곳에 위치해 있었다. 서울이라는 곳만 빼면 누가 봐도 시골 한복판에 우뚝 서있는 낡은 아파트나 진배없었다. 채용계약서에 서명을 하고 아파트 주민들에게 인사드리러 다녔다. 그들은 자신들의 아파트를 앞으로 잘 부탁한다고 말했다. 악수를 청했지만 창수는 선뜻 오른팔을 내밀지 못했다. 대신 고개를 90도 가까이 굽혀 인사했다. 악수를 청한 주민들 중에는 창수가 손을 내밀지 않는 것에 대해 불쾌해하기도 했지만 대다수 주민들은 나이에 맞지 않게 인사성이 밝다고들 했다.

아파트 주민들과 한 식구처럼 허물없이 지내고 싶었다. 그런 창수의 마음을 알았던지 따뜻하게 대해주는 주민들이 많았다. 물론 다 그런 것만은 아니었다.

"아저씨! 경비를 서는 사람이 주민을 보고, 뉘신지요?하고 물으면 듣는 당사자가 기분이 좋겠습니까? 안 좋겠습니까?"

요즘 눈이 더 침침해 조금만 떨어져있어도 그 사람이 누군지 창수는 구별하지 못했다. 그래도 그 정도는 나은 편이었다. 그보다 더한, 자존심을 뭉개고 가슴을 후벼 파는 얘기를 들어야만 했기 때문이었다.

"저 쓰레기 줍는 아저씨 보이지? 너도 공부 안 하면 저 아저씨처럼 된다."

아이의 손을 잡고 지나가던 젊은 아낙이 내던지는 말이다.

주민들과 자주 접하기 때문에 외로움을 털어낼 수 있을 거라 생각했던 처음과 달리 창수는 심적으로 자꾸만 허전해져 갔다. 마음을 기댈 곳이 필요했다.

아파트에서 멀지 않은 곳에 크진 않지만 성당 하나가 있었다. 용기를 내 찾아가 봤다. 생각했던 거와 다르게 성당은 창수를 무척 반겨주었다.

"잘 오셨습니다. 저희들이 홍 선생님의 벗이 되어드리도록 하겠습니다. 어려운 점이나 상의할 게 있으시면 개의치 마시고 저희를 찾아오세요."

그렇게 말하는 수녀는 얼추 보아도 육십은 돼 보였다.

"그리고 쉬는 날에도 딱히 갈 데가 없으시면 이곳에 오셔서 편하게 지내다 가셔도 됩니다. 저희는 '쉼터'라는 공간을 별도로 운영하고 있습니다."

창수는 초면에 그녀가 지나치게 호의적이라는 생각이 들었다.

"쉼터에 계시는 분들 대부분이 노숙 생활을 하다가 오신 분들이지만, 마음만은 따뜻한 사람들입니다."

'저도 한때는 노숙자였습니다'라는 말을 창수는 차마 입 밖으로 꺼내지 못하고, "네에"하고 대답하는 것으로 그렇게 수녀와의 첫 대면은 갈무리되었다.

며칠이 지나고 나서야, 다른 수녀에게서 들어 안 사실이지만 처음 성당에 갔을 때 자신에게 그렇게 호의를 베풀었던 이는 다름 아닌 원장수녀였다는 거였다.

창수는 원장수녀의 말마따나 경비를 서지 않는 날에는 곧장 쉼터를 찾았다.

"원장수녀님?"

"네, 홍 선생님."

"여쭤볼 게 있습니다."

"뭡니까?"

"혹시 성당에서 보육원도 운영하고 있나요? 쉼터에 계시는 분들 얘기를 듣자하니, 고아인 애들이 잠시나마 이곳에 머문다고 해서요."

"네, 맞습니다. 임시적으로 저희가 돌봐주는 아이들이 있습니다. 다른 사람에게 입양되기 전까지는요."

"그래서 드리는 말씀인데요, 원장수녀님……"

"무슨 얘기시기에…… 어여, 말씀해보세요. 하던 말을 멈추시니 제가 더 궁금해지는데요."

"아닙니다. 제가 괜한 얘기를 꺼내려 했나 봅니다. 다음에 기회가 있으면 그때 얘기하겠습니다. 그건 그렇고 아이들이 있는 곳을 한번 둘러봐도 괜찮겠습니까?"

"물론이지요. 천사를 닮은 어여쁜 아이들이랍니다."

2002년 초봄

"동하야, 팽,하고 풀어야지."

코 푸는 방법을 모르는 동하는 입으로 크크크, 소리만 낼 뿐이다.

며칠 째인지 모르겠다. 이번 감기가 독하다는 말은 들었지만 이 정도일 줄은 몰랐다. 봄 감기라 대수롭게 않게 여긴 게 문제였다. 독감 주사를 맞혔어야 했는데, 창수는 뒤늦은 후회가 밀려왔다.

요즘 깜빡깜빡하는 날이 잦아졌다. 때문에 경비를 서는 날엔 반드시 메모를 남겼다. 하지만 메모와 기억은 함께하지 않았다.

금번 설 때였다. 여기가 작은 아파트 단지일까, 싶을 정도로 배송되어온 물건들은 많았다. 해서 경비실에 들어온 물건은 들어왔다고, 주인에게 전달해준 물건은 전달해줬다고 체크했다. 분명히 했다, 창수 자신의 기억엔. 그런데 물건을 받지 못했다고 길길이 날뛰는 주민이 한둘이 아니었다. 억울했다. 하지만 어쩔 수 없었다. 없는 돈을 털어 보상해줘야 했다.

그건 그렇다 치더라도 동하가 감기에 걸리면 안 된다는 것만은 늘 기억하고 있어야 했다.

작년 이맘때쯤 병원에 들렀을 때였다. 의사는 동하가 기관지와 폐가 약하니 감기에 걸리면 절대 안 된다고 했었다. 그랬다. 동하는 자주 쌕쌕거리는 소리를 냈다. 창수는 그게 감기에 걸려 내는 소리인줄로만 알았다. 아니었다. 그건 동하에게 화마가 할퀴고 간 악몽과도 같은 상처였다. 화재 현장에서의 뜨거운 열기와 연기 탓에, 그때 동하의 기관지와 폐가 망가진 것이었다.

그 주의사항을, 아니 그 의사가 신신당부했던 그 얘기를 까먹지 않기 위해 창수는 에이포용지에 메모까지 해 서랍에 넣어두었다. 그런데 또 까마득히 잊어먹고 말았다.

2004년

"할아버지."

"할아버지, 하지 말고 동하야 아빠라고 해야지."

"네. 아빠……."

일곱 살이 되었지만 동하는 여전히 아빠를 아빠라고 부르는 게 낯설었다. 또래들도 다들 자신의 아빠를 할아버지라고 불렀고, 심지어 어른들도 자신의 아빠를 홍영감이라 불렀다. 주위에선 창수가 육십 중반쯤 될 거라고들 했다. 하지만 당시 창수 실 나이는 쉰아홉이었다. 할아버지 소리를 듣기에는 아직 일렀다. 허나 한편으로 창수 연배 중에는 손주를 이미 본 이들도 더러 있었고, 그보다도 더 했던 건 동하 또래 아빠들이 나이가 많아야 서른 안팎이었으니, 어찌 보면 주위에서 그렇게 부르는 것이 꼭 이상하다고만 볼 순 없었다.

동하는 늘 궁금했다, 또래 아빠들과 자신의 아빠가 그토록 나이 차이가 많이 나는지. 그렇다고 물어볼 사람도 없었다. 정작 아버지는 자신을 늦게 낳아서 그렇다고만 했다.

어머니가 없고 아버지가 늙었다는 게 동하는 부끄럽고 창피스럽기도 했지만 정작 동하가 싫었던 건 자신처럼 아버지도 장애가 있다는 것이었다.

2005년 봄 ~ 2008년 겨울

여덟이 되자 여느 또래들처럼 동하도 초등학교에 입학했다. 그런 자신이 신기했고 한편으론 그런 자신이 대견스러워보였다. 하지만 행복한 시간도 잠시. 언제부턴가 학교에 가기 싫은 날이 생겼다. 체육수업이 있는 날이었다. 그래도 이건 나았다. 한 시간만 버티면 되기 때문이었다. 정말 싫은 날은 따로 있었다. 학교운동회. 동하가 좋든 싫든 하루 종일 운동장에 있어야 했다. 그야말로 최악의 하루인 셈이었다.

학교운동회에 늘 빠지지 않고 등장하는 경기가 있었다. 달리기. 뛰는 게 죽을 만큼 싫었다. 하지만 동하는 죽을힘을 다해 달렸다. 그럴 때마다 중심을 잃고 앞으로 고꾸라지기 일쑤였다. 그걸 여러 번 반복한 후 동하는 결승선에 도달할 수 있었다. 결과는 불 보듯 뻔한 일. 꼴찌였다. 아무렇지 않다고 자신을 다독거려 보기도 했다. 하지만 그러면 그럴수록 자신이 비참해지는 걸 느꼈다. 고스란히 얼굴에 배어남은 그 영광의 상처와 함께 말이다.

학교운동회는 동네잔치나 진배없었다. 자녀들을 위해 많은 부모들이 참석했다. 물론 홀로 운동장을 찾는 이들도 있었다. 대부분 아이들의 엄마였다. 그렇지만 동하는 달랐다. 아빠였다. 운동회도 싫지만 후줄근한 옷차림으로 나타나 자신에게 미소를 지어보이는 아빠가 동하는 더 싫었다. 쥐구멍에라도 들어가 꼭꼭 숨어버리고 싶은 심정이었다.

계절론 여름이 싫었다. 동하는 또래 아이들처럼 샌들을 꿰신지 못했다. 추울 때나 더울 때나 늘 운동화만 신어야 했다. 친구들은 운동화가 발에 맞느니 마느니 해도 동하는 그럴 필요가 없었다. 운동화 앞부분이 늘 남아돌았기 때문이었다. 개울가에 발을 담그러 가자, 수영하러 가자, 때 밀러 목욕탕에 가자,라는 친구들의 말에도 동하는 '아니야 혼자서 할 일이 있어'라고 대답해야만 했다.

초등학교 사학년에 오르자 친구들과 싸우는 일이 부쩍 늘었다. 예전엔 친구들이 놀리더라도 먼저 그 자리를 피하던 동하였다. 하지만 어느 날부터 이렇게 피해만 다니면 친구들이 자신을 더 괄시할 것 같다는 생각이 들었던지 동하는 달라졌다. 결국, 친구들과의 싸움은 잦아졌고, 그 덕에 창수도 학교에 불려가는 일이 많아졌다. 아이러니하게, 아빠가 학교에 오는 걸 극도로 싫어했음에도 동하의 쌈박질은 계속되었다.

거기엔 동하 나름의 이유가 있었다.

그날도 동하와 한 무리의 친구들은 서로 으르렁대고 있었다.

"나에 대해서 이러쿵저러쿵 얘기하는 것은 내가 참을 수 있어도, 우리 아빠에 대해 니들이 뭐라 지껄이는 건 내가 참을 수 없다."

"그래? 우리가 니 아빠 얘기를 계속하면 어쩔 건데?"

무리 중 한 놈이 계속해 약을 올렸다.

"분명 그만하라고 했다!"

"분명 그만하라고 했다" 따라 하며 비꼬고, "안 그럴 건데, 계속

할 건데, 동하 아빠는 불구래요, 불구래요. 오른팔을 못 쓰는 불구래요, 불구래요" 하며 계속 놀려댔다.

"……뿌드득, 그만하라고 했지!"

이를 악물어 가면서까지 동하는 참아보려 했다. 하지만 오른팔로 자신의 머리를 톡톡 치며 계속해 시비를 거는 친구 놈과 결국 뒤엉켜 나뒹굴고 말았다.

다음날 창수는 학교로 들어왔으면 좋겠다는 호출을 동하 담임으로부터 받았다.

"동하가 요즘 친구들과 싸우는 일이 너무 빈번합니다. 동하를 혼자 키우시느라 아버님께서 많이 힘드시다는 건 알고 있습니다만, 동하에게 신경을 더 쓰셔야 할 것 같습니다. 오전에 동하에게 맞았다고 한, 그 애의 어머니가 학교로 찾아왔었습니다. 이런 말씀 드리기 참 송구하지만 그 애 어머니께서 만약 동하가 반 아이들에게 계속해 걸림돌이 된다면 교장선생님께 말씀드려 동하를 다른 학교로 전학 보내겠다고 으름장을 놓고 갔습니다. 아실지 모르겠지만 그분이 다름 아닌 저희 학교 운영위원회 총무이십니다."

"네에, 앞으로 이런 일이 재발되지 않도록 제가 좀 더 동하에게 신경 쓰도록 하겠습니다."

차마 입 밖으로 꺼내지는 못했지만 싸움 원인 제공에 대해선 일언반구 없이 더 많이 때렸다고 동하 자신이 가해자가 돼 모든 죄를 뒤집어써야 했고, 자신의 아버지만 학교로 들어와 선생님께 사죄한 것이 동하는 무척 못마땅하고 억울했다.

그 일 이후 학교를 파하면 동하는 친구들과 어울리기보다는 집으로 곧장 와 버렸다.

"찡아야?"

꼬리를 흔드는 다른 강아지들과 달리 찡아는 눈만 껌뻑거릴 뿐이다. 그래도 찡아가 자신을 반겨한다는 걸 동하는 안다. 찡아의 촉촉한 눈망울을 통해.

"이리와, 오늘도 똥딱지가 더덕더덕 묻어있네. 더러운 짜식. 이래가지고 동네 여자 친구들이 널 좋아하겠어? 안 그래?"

그러면서 찡아를 안고 수돗가 쪽으로 향한다.

'찡아'는 동하가 지어준 이름이었다.

창수가 경비를 서는 아파트에 언제부턴가 어린 유기견 한 마리가 보이기 시작했다. 어련히 주인이 있을 거라 창수는 생각했다. 하지만 그 강아지는 며칠째 경비실 주위만 배회하고 있었다, 배가 고파 먹이를 찾는다는 듯이. 해서 비록 적은 양이지만 창수는 그 강아지에게 먹을 것을 주었다. 그때마다 "이번까지만 줄 테니까, 어여 너희 집으로 돌아가거라이" 했다.

못 알아들어서였을까, 이후에도 그 강아지는 끊임없이 나타났다. 아파트 주민들이 자신이 키우는 개로 오해할 수도 있겠다 싶었다, 이대론 안 될 것 같았다. 창수가 아파트에서 동물을 본 건 그 유기견이 처음이었다. 주민들은 동물을 키우지 않았다. 그들이 동물을 싫어하는 걸까 하고 생각도 했었다. 나중에 들은 얘기지만 부녀회에서 합의가 있었다고 한다. 애완견, 애완묘 등을 절대 키우지도 키워서도 안 된다고. 그 이유는 단순명료했다. 아파트 여기저기에 배설물이 널브러져있으면 더러울 뿐만 아니라 그 냄새도 역겹다고.

그 강아지를 창수는 집으로 데려갔다. 그땐 몰랐다. 돌아갈 집이 없어 여기저기 떠돌아다니다 보니 그저 지저분해졌다고만 생각했다. 하지만 그놈을 깨끗이 목욕 시키고 하루를 재우고 보니, 어딘가 성치 않다는 걸 알게 되었다.

그놈은 꼬리를 흔들지 않았다. 아파트를 서성거릴 때부터 이상했지만, 그때도 낯선 곳이라 으레 꼬리를 흔들지 않는 거라 생각했다. 집으로 데려왔을 때도 같은 생각이었다. 그런데 그게 아니었다. 꼬리를 흔들지 못하니 변이 제대로 처리될 리 없었고, 그러다 보니 변을 볼 때마다 똥이 고스란히 꼬리에 묻어 남아있었던 것이다.

일명 똥딱지. 그랬다. 그놈은 장애를 안고 태어난 것인지, 아니면 어떤 사고로 다친 것인지 알 수 없었지만 꼬리가 부러져있었다. 그래서 주인에게 버림받았을 수도 있었겠구나, 하고 창수는 생각했다.

그놈을 처음 봤을 때 동하도 더럽다고 하며 다시 갖다버리면 안 되겠냐고 창수에게 말했었다. 동하에게 그래선 안 된다고 타일렀다. 아무리 미천한 동물이라도 아껴주는 마음이 있어야 한다고 말했다. 다시 내다 버린다면 그때는 정말 저놈이 죽을 수도 있다고 하면서.

창수는 그놈을 정성껏 먹이고 씻기고 재웠다. 그걸 동하는 지켜만 볼 뿐이었다.

그렇게 그놈을 집으로 들인지 이레째가 되던 날이었을까, 창수가 집에 와보니 그놈이 너무 깨끗해져 있었다.

"동하야, 웬일로 강아지 털이 이렇게 반짝반짝 빛이 나는 거냐?"

"어, 찡아. 내가 쫌 신경 좀 썼어."

"찡아?"

"응. 찡아. 내가 지어준 이름이야."

"그런데, 왜 찡아라고 지은 게냐?"

"응, 실은 찡아가 우리 집에 오던 날, 아빠가 버려진 놈을 주워왔다고 했을 때 말은 안 했지만 살짝 불쌍하다는 생각이 들었었어. 그런데…… 꼬리까지 부러져, 아예 꼬리를 흔들지 못한다는 걸 알았을 때는 정말 코끝이 '찡'했어. 그래서 내가 '찡아'라고 지은 거야."

"허허. 그런 뜻이 있었구나. 이름도 지어주고 우리 동하 참으로 잘했네, 잘했어. 근데 찡아 털이 어떻게 저리도 깨끗할 수 있는 게냐? 내가 닦아줬을 때는 저 정도로 반짝거리진 않았는데."

"어, 내가 세탁세제로 빡빡 닦아서 그래."

기가 막혔다. 그럼에도 실없는 웃음이 터져 나오는 걸 창수도 어찌할 수 없었다.

2008년 가을

"확실하다고 하듯만요."

"뭐가요?"

"우리 아파트 경비원 말이요?"

"경비원이 어쨌다고요?"

"교체한다고 안 하요."

"그 얘기는 예전에도 흘러나왔다가 흐지부지됐잖아요."

"그땐 그랬지만 이번에는 확실하다고 안 하요. 관리소장이 이참에 경비원을 반드시 교체하겠다고 했다듯만요."

"그럼 홍 씨 아저씨는요. 혼자도 아니고 어린 애까지 딸렸는데. 안쓰러워서 어찌 하노."

"그만들 합시다요. 저기……"

창수가 다가오는 걸 보자, 세 여인은 무슨 죄라도 지은 것 마냥 쏜살같이 아파트 안으로 사라졌다. 아파트 주변에 널브러져 뒹구는 낙엽을 창수는 나내에 쓸어 담고 있었다. 왼손엔 빗자루, 오른팔 안쪽엔 마대자루를 끼운 채.

어스름 녘에 관리소장의 호출이 있었다. 창수가 경비를 서는 아파트 단지는 규모도 크지 않을뿐더러 외진 곳에 위치해 있었다. 그 때문인지 관리사무소가 따로 없었다. 조금 떨어져 있는 규모가 큰 다른 아파트 단지에 관리사무소가 하나 들어서 있었는데, 그곳에서 창수가 경비를 서는 아파트까지 관리하고 있었던 것이다.

1층은 경로당, 2층은 관리사무소가 있는 건물은 꽤 낯설었다.

출입문을 열고 창수는 안으로 들어섰다. 관리소장은 의자 하나를 내주었다. 그러곤 급한 일이라도 있다는 듯 바로 본론부터 꺼내들었다.

"고생 많이 하셨는데 이젠 쉴 때가 된 것 같지 않습니까, 홍 선생님?"

들리는 소문도 있어 짐작하고 있던 터였다. 그러나 이대로 물러날 수만은 없었다.

"경비 서는 일이 버겁다고 생각해본 적은 없습니다."

"물론 그러시겠지요. 사실 그쪽 아파트 주민들께서 경비원을 좀더 젊고…… 이런 말씀까지는 안 드리려고 했는데…… 멀쩡한 사람으로 바뀠으면 하는 바람이 있는가 보드라고요. 저야, 홍 선생님이계속 경비를 서도 괜찮다고 생각합니다만 관리소장 맘대로 경비원을 계속해라, 관둬라, 할 수 있는 건 아니거든요. 아파트 주민들의의견을 충분히 수렴해, 그게 타당성이 있으면 따르는 게 저의 의무이자 책임이기도 하구요."

"저는 저희 아파트 주민들께서 그런 얘기를 한 걸 한 번도 들어본 적이 없었습니다만……."

"참, 홍 선생님도 무척 순진하시네요. 주민들이 홍 선생님 앞에서 그런 얘기를 어떻게 하겠습니까? 다 저희한테 조용히 와서 전달하고 가는 거죠. 그리고 말이 나와서 말인데, 작년 여름에 터진 사건도 문제가 있었던 거구요."

"그건 제 잘못이기보다는⋯⋯"

작년 8월, 무더위가 극성을 부릴 때였다. 있어선 안 되는 일이 터지고 말았다. 주민 한 명이 죽은 것이다. 그것도 아파트 단지 내에서. 죽은 주민은 아파트 주차장에서 발견되었다. 술을 먹고 집을 찾지 못하고 그곳에서 잠들어 버렸는데, 안타깝게도 변을 당하고만 것이었다. 사건 당일 차(車) 밑에 사람이 있을 거라고 생각지도 못한 차 주인이 아침 일찍 주차장에서 차를 뺐는데, 차바퀴가 그만 그 사람의 머리를 그대로 밟고 지나갔고, 그로 인해 그는 그 자리에서 즉사하고 말았던 것이다.

관리소장은 창수 탓이라고 했다. 경비원이 경비를 제대로 서지 않아 발생한 사고라고 했다. 창수 입장에선 억울했다. 자정이 다가올 때쯤 아파트 주변뿐만 아니라 지하주차장까지 꼼꼼히 살폈고, 아무 이상이 없다는 걸 확인한 후 경비실로 돌아왔다. 만약 사망한 그 사람이 집으로 들어가려 했다면 경비실 앞을 지나쳐야 했기에 창수가 볼 수 있었을 것이다. 하지만 민취해서 그랬던 것일까. 그는 지하주차장 출입구 쪽으로 걸어 들어갔고, 때문에 창수의 시야엔 그가 들어오지 않았던 것이다. 지하주차장 출입구는 경비실 뒤쪽으로 나 있어, 경비실에서 바로 볼 수 있는 구조가 아니었다. 그걸 관리소장도 익히 알고 있었다. 하지만 모든 책임을 창수에게 떠넘기기에 바빴다. 불행 중 다행으로 아파트 주민들 생각은 달랐다. 같은 아파트 주민이 죽은 건 안타까운 일이라고 한입으로 말했지만 그렇다고 모든 책임을 경비원에게 전가시키는 건 너무하다고들 했다. 그렇게 주민들은 창수의 방패막이가 돼주었고, 그 덕에 그 사건의 책임에서 창수는 벗어날 수 있었다.

하지만 그 사건 이후로 경비에 신경을 더 쓰느라, 창수의 몸은 점점 더 쇠약해져만 갔다.

사직서도 없는, 그야말로 구두(口頭) 해고 그 자체였다.

어려운 발걸음이었다. 다시는 민폐를 끼쳐선 안 된다고 다짐했건만 발걸음은 이미 그곳을 향하고 있었다.

"결국, 그렇게 됐군요."

창수 얘기를 듣고 난 후 사장은 무언가 알고 있었다는 듯 말했다.

"저도 그 얘기를 한 다리 거쳐 들은 적이 있었습니다. 그래서 사장님을 부탁드렸던 관리업체에 바로 연락을 취했었습니다. 그런데 그쪽에서 하는 얘기가 그 주변에 있는 아파트들이 이미 다른 관리업체로 넘어갔다고 하드라고요. 사장님이 계셨던 그 아파트까지도요. 그래서 다른 곳이라도 좋으니 다시 사장님을 거둬줄 수 없냐고 했더니. 자신들도 입장이 난처하다고 말하면서 더 이상 얘기를 못 꺼내게 했습니다. 그리고…… 저희 회사도 예전 같지 않구요. 비록 샷시업이긴 하지만 예전에는 저희에게도 경비원을 구해달라는 요청이 종종 들어왔었는데…… 회사 상황이 이러다보니 그마저도 이젠 끊겨버렸습니다."

창수는 더 이상 간청하지 않았다. 동진샷시 사장이 그렇게까지 얘기하는 걸 보니, 다시 경비원으로 일하는 게 쉽지 않겠다는 판단이 들어서였다.

🔵 2009년 봄 ~ 2010년 겨울

만물이 소생하는 봄이 돌아왔다. 하지만 창수 마음은 세밑한파만큼 위축돼 있었다. 동하에겐 얘기를 안 했다. 경비 일을 그만둔 걸 동하가 눈치 채지 못하도록 평소 때와 다르지 않게 출근하는 것처럼 행동했다. 근처 공원을 배회하고, 한강 둔치에 앉아 멍하니 강을 바라보다 석양이 질 때쯤 집으로 돌아오곤 했다.

모아둔 돈, 정확히 말하자면 동하 수술비를 위해 저축한 돈을 쓰기 시작한 지 다섯 달이 넘어서고 있었다. 창수에겐 피 같은, 먹고 싶은 것도 입고 싶은 것도 아껴가며 모았던 돈이다. 실직 후 무슨 일이든지 하려 했으나 기회는 창수 곁으로 쉬이 다가오지 않았다.

오늘은 산에 올랐다. 겨우내 움츠린 산은 봄을 기다렸다는 듯이 기지개를 활짝 펴고 있었다. 그 위에서 자라나는 새싹들은 싱그러운 봄내음을 흠씬 뿜어냈다. 잠깐이나마 머리가 맑아진 느낌이었다.

집으로 돌아오기 전, 집 근처에 있는 작은 슈퍼에 들렀다. 초등학교 오학년이 된 동하는 요즘 들어 부쩍 라면을 찾았다. 친구들 영향인 것 같았다. 그도 그럴 것이 친구들이 간식으로 라면을 먹는다는 말을 자주 되뇌곤 했었다. 창수는 그게 맘에 걸렸었다. 그렇지만 동하에겐 앞으로 라면이 간식이 아닌 주식이 될지도 몰랐다.

라면을 사 들고 슈퍼를 나왔다. 그때 한사람이 눈에 들어왔다. 그는 슈퍼 귀퉁이에 흩어져있는 박스를 정리하고 있었다. 그러곤 이내 모은 박스를 허름한 리어카에 싣고 어디론가를 향해 출발했다.

저거다. 재빨리 그를 따라 잡았다. 다짜고짜 캐물었다. 박스를 모으면 하루에 얼마나 벌 수 있냐고. 소 닭 쳐다보듯 창수를 한번 훑더니 그가 입을 열었다. 열심히만 하면 수입은 그럭저럭 괜찮다고. 하지만 박스를 챙겨가는 사람들끼리 나름 구역을 정해놓고 있어 큰돈은 생각할 수 없다고. 게다가 무작정 이 일을 할 수 있는 것도 아니라고 했다. 그럼 할 수 있는 방법은 없냐고 물었다. 폐지 줍는 사람 대부분이 나이가 들었기 때문에 아파 드러눕거나 죽으면 그 자리가 비어 가능하다고. 그러면서 저만치 떨어진 곳을 손가락으로 가리키며 한마디 더 귀띔해주었다. 요 근래에 저 구역에서 폐지를 줍는 김 씨가 보이지 않는다는 것인데, 들리는 소문에 의하면 병으로 앓아누웠다는 것이다. 그래서 할 맘이 있으면 이참에 저 구역을 한번 꿰차보는 게 어떻겠냐고 했다.

그렇게 무심히 얘기하고 난 후 그는 폐지가 반쯤 실린 리어카를 끌고 유유히 사라졌다.

"저기요?"
"저를 부르신 건가요?"

"당신 말고, 그럼 여기에 다른 누가 있소!"

"아, 네. 말씀하시죠."

"언제부터 여기서 폐지를 줍고 있는 거요?"

"…… 이틀 됐습니다만."

"그럼 나한테 먼저 물어보고 줍든지 말든지 해야 할 것 아니요?"

"무슨 말씀을 하시는 건지?"

"나 참, 여긴 내 구역이란 말이요, 내 구역. 그런데 듣도 보도 못한 당신이 어느 날 뜬금없이 나타나 여기 폐지를 수거해가면 난 앞으로 뭘 먹고 살란 말이요?"

"제가 듣기론 여긴 김 씨라고 하는 분 구역이었다고 들었는데……"

"들었는데, 그게 뭐 어쨌다는 거요?"

"그 분이 몸이 안 좋아 폐지 줍는 걸 그만뒀다고 해서……."

"그래서 김 씨가 당신한테 여기 폐지를 주우라고 합디까?"

"그러진 않았습니다만……"

"당신도 참 답답한 분이시네. 제가 김 씨와 여기서 이 일을 한 지가 오 년이 다 돼 갑니다. 얼마 전에 김 씨가 몸이 안 좋아 더 이상 폐지 줍는 일을 못하겠다고 하면서, 이참에 자기 구역까지 맡아서 저보고 하라 했단 말이에요!"

"아, 그랬군요. 전 그 사실을 전혀 몰랐습니다. 그런 얘기가 오갔다면 제가 죄송하게 됐습니다."

"죄송할 것까진 없구요. 내일부터 당장 이 구역을 떠나세요!"

"그건 좀…… 선생님, 제 사정도 한번 봐주시면 안 되겠습니까? 제가 지금 이것 말고 딱히 할 수 있는 일이 없어서요. 당장 밥벌이라도 해야 하는데……"

"허허 나 참, 당신이 먹고사는 게 급급한 것처럼 나 또한 여기서 폐지를 줍지 않으면 먹고살기 힘들어요, 힘들어!"

"선생님께선 예전에 폐지를 줍던 구역이 있지 않습니까?"

"참, 얘기 나누기 힘드신 분이네. 원래 제 구역이 넓지 않아 그간 내가 얼마나 돈에 허덕이며 고생하고 살았는데. 그걸 당신이 알기나 하냐 말이요!"

"……"

그렇게 창수는 더 이상 폐지 줍는 일을 할 수 없게 되었다. 좀 더 알아보지 않고 폐지 줍는 걸 시작한 자신의 불찰이라며, 스스로를 탓했다. 그렇다고 이대로 폐지 줍는 걸 포기할 수만은 없었다. 공공기관이라면 자신을 도와줄 수 있지 않을까 싶었다. 동사무소를 찾았다.

"선생님, 저희가 관여할 사안이 아니에요. 이 지역에서 누가 폐지를 줍는지 저희도 모르구요. 안타깝지만 주변에 폐지 줍는 분들께 함께할 수 있게끔 해달라고 도움 한번 청해보세요."

집 대문 앞에 세워진 리어카를 창수는 물끄러미 쳐다봤다.

폐지를 줍기 이틀 전에 구입했던 리어카다. 집 근처 슈퍼에서 폐지를 줍던 그 노인을 만나고 난 다음, 마음이 급해져 바로 고물상을 찾았었다. 고물상 사장에게 수거꾼들이 가져오는 폐지 양은 얼마나 되는지, 또 그 양이면 몇 푼이나 받을 수 있는지 물었다. 내친김에 더 파고들었다.

"그리고 혹시 김 노인이라고 사장님 아세요?"

"김 노인이요? 참, 아저씨도. 저희 고물상에 드나드는 사람이 얼마나 많은데 김 노인인가 하는 분을 제가 어찌 알겠습니까?"

"그렇겠네요. 그런데 제가 듣기론 근래에 몸이 안 좋아 폐지 줍는 걸 그만뒀다고 하던데요."

"아, 그러면…… 그분이신 것 같네요. 저희 고물상에 하루도 빠짐없이 들르시는 분이 계셨거든요. 근데 요즘 통 안 보이긴 했어요. 삐쩍 마른 분이 늘 리어카 한가득 폐지를 싣고 오셔서 인상이 깊게 남았드랬죠."

"그래서 말인데요, 사장님. 그분 대신 제가 그분의 구역에서 폐지를 주워도 무방할까요?"

"그건 저도 잘 모르겠는데요. 그런 말을 들은 적은 있습니다, 폐지 수거꾼들끼리 나름 자신들의 구역을 정해놓고 있다는. 그런데 빈 구역에서 폐지 좀 줍는다고 별탈이야 있겠습니까."

고물상 사장이 한 말과 집 근처 슈퍼에서 만났던 그 노인 얘기를 종합해보면, 앞으로 김 노인 구역에서 폐지 줍는 건 별문제가 안 될 듯싶었다.

그렇게 사장과 이래저래 얘기를 나누고 고물상을 나오려 했다.

그런데 그걸 본 순간 내가 잊어버린 게 있었구나, 하는 생각이 퍼뜩 들었다.

리어카. 그게 고물상 한쪽 구석에 처박혀있었다. 낡아 보이긴 해도 그럭저럭 쓸 만해 보였다. 다시 고물상 사장이 있는 사무실용 콘테이너 안으로 들어섰다.

"사장님, 저기 밖에 있는 리어카 저에게 파실 수 있는 건지요?"

"정말로 폐지를 수거하시게요?"

"네."

"저게 저래 봬도 싸지는 않습니다. 그래도 아저씨가 꼭 사시겠다면…… 싸게 드릴 순 있습니다."

"얼마에 주실 수 있습니까?"

"십오만 원만 주세요."

"십오만 원씩이나요?"

"참 나. 아저씨 세상 물정을 몰라도 너무나 모르시네. 저게 저래 봬도 내일이면 누가 금방 가져갈 물건이에요. 요즘 폐지 줍는 사람들이 많아져 중고리어카가 없어서 못 팔 정도란 말입니다. 싫으면 관두시든가요."

"아, 아닙니다."

그렇게 산 중고리어카를 그냥 썩혀야 한다고 생각하니 창수는 맘이 착잡했다.

집에서 멀찌감치 떨어진 주택가를 며칠 돌아보기로 했다.

뜻하지 않게 누군가가 기회를 줄지도 모른다는 막연한 생각이 들어서이기도 했지만 나중을 위해서라도 폐지수거꾼들에게 미리 눈도장을 찍어둬야 할 것만 같았다.

이곳저곳을 돌아다닌 지 닷새가 되는 날이었다. 리어카를 끌고 힘겹게 내리막길을 거슬러 올라오는 한 노인이 보였다. 어림잡아도 창수 자신보다 대여섯 살은 많아 보였다. 창수도 이제 육십을 훌쩍 넘어섰다. 많다고 할 수도 없지만 그렇다고 적은 나이도 아니었다.

리어카가 자신의 곁을 스치자 창수는 리어카 뒤쪽으로 가 말없이 후미를 밀기 시작했다. 노인은 뒤돌아보지 않았다. 뒤돌아볼 여유조차 없을 정도로 힘든가 보구나, 창수는 생각했다.

내려왔던 내리막길을 그 노인과 함께 다시 거슬러, 창수는 언덕 꼭대기에 다다랐다. 그제야 노인도 리어카를 세우고 목에 건 수건으로 얼굴을 훔친 다음, 오 분여를 허공만 바라보다 입을 열었다.

"고맙소."

"별말씀을요."

"초면에 나이를 물어봐도 실례가 안 되겠소?"

"올해로 예순넷 됐습니다."

"적은 나이는 아닌 것 같소. 난 올해로 일흔하나가 됐소."

"아, 그러세요. 그런데 정말 정정해 보이십니다."

"정정할 것까지야……"

"그 연세에 어떻게 이 일을 하시는지?"

"하고 싶어서 하는 게 아니요, 어쩔 수 없이 하는 게지. 하지만 이

일도 이젠 접을 때가 된 것 같소."

이기적인 인간 본성은 숨길 수 없는 걸까? 그 얘기를 들은 창수는 자신의 가슴이 콩닥콩닥 거리는 걸 주체하지 못했다. 어쩌면 이 노인이 맡고 있는 이 구역을 자신이 물려받을 수 있지 않을까, 싶었던 것이다. 하지만 그 노인의 다음 말을 듣고 난 후 창수는 그간 자신이 참 올곧지 못한 사람이었구나, 생각하며 자책했다.

"얼마 전 할망구가 이승을 떴소."

"큰 아픔이 있으셨군요."

"이 일을 했던 것도 할망구 병원비 마련하느라 힘들어도 계속했는데…… 이젠 그럴 필요가 없어졌소. 그러니 이쯤에서 접는 게 맞을 성싶으오."

"그럼 어르신은 앞으로 뭘 해서 먹고 사실려구요?"

"이 나이에 이제 다른 무슨 일을 하겠소, 그만해야지."

"그렇다면 의지할 자녀분이라도……"

"여식(女息)이 하나 있소. 할망구가 살아있을 적부터 자기 집으로 오라, 오라 했건만 안 갔드랬소. 딸년도 썩 좋은 형편이 아니어서. 그런데 이번에는 자기 집으로 꼭 왔으면 하는 거요. 어머니도 없으니 내가 적적할 거라고 하면서. 그래서 가기로 약속은 했는데…… 마음이 그리……."

"왜 그러시는지 여쭤봐도 되겠습니까?"

"딸년이 이혼을 했소. 그래서 그 집에 가도 마음이 편치 않을 것 같소. 예전엔 그냥 잘사는 줄로만 알았소. 그런데 알고 봤더니 사위 놈이 허구한 날 술을 먹고 딸년을 괴롭힌 거요. 그것도 모자라 딸년이 어렵게 벌어 모아둔 돈을 가지고 어디론가 튀었는데……참, 그것도 알고 봤더니 가관이었소. 딴 년하고 눈이 맞아서 그런 게요."

"안타까운 일이네요."

"허허, 내가 처음 본 사람 앞에서 괜한 넋두리를 했나 보오. 그나저나 대낮에 댁은 여기 웬일이요?"

"실은 저도 폐지 줍는 일을 해보려고 이 동네 저 동네를 돌아다녀 보는 중입니다."

"그래요? 근데 나보다 젊으니 다른 일을 찾아보지 그러오?"

"그러고는 싶은데…… 실은 제가 팔이 좀 불편합니다. 그래선지 이제 저를 받아주는 데도 없구요."

"몸이 불편해서가 아니라 요즘엔 육십 넘으면 누가 데려다 쓰려고 하질 않으니, 그럴 만도 할 것이오. 그럼…… 내 일을 받아보는 건 어떻소?"

"네에? 저기 어르신 대신 이 구역에서 폐지를 주우라고요?"

"그렇소. 어차피 관두기로 했고 내가 관두면 누군가가 이 구역에서 폐지를 주울 테고. 이것도 인연이라면 인연인데 다른 사람에게 주느니 당신에게 물려주는 게 좋을 듯싶소."

리어카까지 물려주겠노라고 했지만 창수는 그러실 필요까지는 없다고 극구 사양했다. 자신은 이미 사 둔 중고리어카가 있으니, 그건 고물상에 갔다 팔아 몇 푼이라도 챙기시는 게 좋겠다고 했다.

하루도 쉼 없이 폐지를 주었다. 매일 리어카 한가득 폐지를 채웠다. 어떨 때는 정신없이 폐지를 줍는 통에 다른 구역을 맡고 있는 폐지 수거꾼들과 마찰을 빚기도 했다. 그들은 하나같이 '이 구역은 내 구역이니 침범하지 말라'며 창수에게 엄포를 놓았다. 하지만 창수의 눈에는 자신의 구역이 확실해 보였다. 오히려 그들이 생짜를 놓는 거라 생각했다. 그렇다고 그들과 부딪치고 싶지는 않았다. 어쩌면 그들이 자신보다 더 어려운 형편에 놓여있는 사람들일지도 모른다는 생각이 들어서였다.

풍족한 돈은 아니지만 동하랑 단 두 식구가 먹고살기엔 부족함이 없었다. 물론 창수의 기준일 뿐이었다. 다른 또래들처럼 동하는 학원에 다니지 못했다. 태권도 학원을 다니고 싶어 했지만 그건 배울 수 없다는 걸 동하 자신도 잘 알았다. 대신 그림을 좋아하는 동하는 미술학원에 다니고 싶어 했다. 그걸 창수는 형편이 좀 나아지면 보내주겠노라 약속하며 미뤘다.

그나저나 폐지 줍기를 시작한 지 얼마 되지도 않았는데, 몸이 예전 같지 않았다는 걸 창수는 요즘 부쩍 실감하고 있었다. 간혹 입맛이 통 없어 먹는 둥 마는 둥 할 때도 있긴 했지만, 경비를 설 때만 해도 끼니는 거의 꼬박꼬박 챙겨 먹었었다. 요즘처럼 거르는 일이 잦지 않았었다. 거기에 속이 메스꺼운 건 둘째 치더라도 자주 구역질이 났다. 약국에 가 위장약과 소화제를 또 사왔다. 약을 먹은 뒤 좀 더 누워 있다가 폐지를 주우러 가야겠다고 생각해 잠을 청해보았다. 그런데 나이가 들어서인지 그조차도 힘들었다.

동하는 또 준비물을 빼먹고 갔다. 오늘 아침 힘들어도 간신히 일어나 가방 옆에 챙겨두었건만 그냥 가버린 것이다. 곰곰이 생각해보니 동하가 칭얼대며 사달라고 했던 걸 들어주지 않아서인가 싶기도 했다.

동하는 조립식 자동차 장난감을 사달라고 했다. 창수는 사주지 않겠다고 하지는 않았다. 조금 더 있다가 사주겠노라 했다. 그런데 동하는 울면서 말했었다. '아빠는 늘 그런 식으로 얘기한다고'. 그때만 해도 창수는 자신이 그런 적이 없었다고 생각했다. 동하에게 말했던 건 늘 지키려 노력했고, 또 지켜주었다고 자부하고 있었다. 미술학원 다니는 문제 때문이었을까?

그런데 그게 아니었나 보다. 몸이 고달프다 보니, 요즘 더 부쩍 깜빡깜빡한다. 기억도 잘 나지 않고 모든 게 가물가물하기만 하다. 그래도 곰곰이 아주 곰곰이 생각해, 기억 하나를 되살렸다.

머지않은 일이었다. 작년 겨울쯤으로 기억됐다. 인라인스케이트인가 뭔가였다. 그걸 동하는 타고 싶다고 했다. 그럼 빌려주는 데가 있냐고 물었다. 친구들이 보면 쪽팔린다고 하며, 자기도 새것을 사서 타고 싶다고 했다. 그런 동하에게 겨울이 지나면 다시 얘기하자고 했다. 그걸 동하는 잊지 않았고 올 초에 다시 꺼내 들었었다. 또 알았다고만 했다. 그러곤 폐지 줍는 일에만 온통 신경을 쓰며 시간을 보내버린 것이었다.

정말 사주지 않으려 한 건 아니었다. 꼭 사주고 싶었다. 그걸 신바람 나게 타고 다니는 동하의 모습도 보고 싶었다. 하지만 창수가 너무나 잘 아는 사실 하나가 있었다. 그건 동하가 달리는 상태에선 몸 중심 잡기가 힘들다는 거였다. 그걸 동하도 모를 리 없었다. 하지만 그건 아무 문제가 되지 않는다고 하며, 부단히 연습해 친구들 앞에서 보란 듯이 타보겠다고 했다. 창수의 생각과는 다르게 말이다.

이후 창수의 반응이 없자, 이번엔 발을 안 써도 되는, 손으로만 만지면 되는 조립식 자동차 장난감을 사달라고 졸랐던 것이다. 물론 창수도 며칠 이내에 조립식 자동차 장난감만은 꼭 사줘야겠다고 맘먹고 있었다. 아니 절대 잊어버리지 않으려 했었다. 그런데 그게 맘처럼 안 됐다.

"그런 얘기는 앞으로 삼가주셨으면 합니다."

"무슨 말씀을 하시는 거예요, 아저씨?"

"저희 애가 울면서 집으로 들어왔었습니다. 그래서 무슨 일이 있었냐고 물어봤습니다. 그랬더니 '아버지 나 어디서 주워온 거야?' 하는 겁니다. 누가 그런 얘기를 하드냐고 다시 물었습니다. 그랬더니 요 앞 슈퍼에서 아주머니들이 수군거리는 얘기를 들었다고 하더군요."

창수는 크게 숨을 들이켰다. 흥분된 자신을 진정이라도 시키는 듯.

"사실이 아닌 얘기를 사실인 것처럼, 또 그게 설령 사실이다 하더라도 애 앞에서는 그런 말씀을 안 하시는 게 어른들의 도리가 아

닐까 생각합니다. 제가 무턱대고 아주머니에게 따지자고 하는 것
은 아닙니다. 아이가 더 상처받지 않았으면 하는 바람에서입니다.
제 자식이지만 동하는 가엾은 아이입니다. 엄마도 없고, 몸도 불편
한 아이입니다. 앞으로는 그런 얘기가 다시는 애한테 흘러 들어가
지 않았으면 합니다."

　뒤돌아서서 슈퍼에서 나왔다. 주머니를 뒤적였다. 안쪽 속주머니
에서 구깃구깃해진 담뱃갑을 꺼내 들었다. 한 개비가 남아있었다.
불을 붙여 빨아들였다. 진정이 되는 듯했다. 술은 입에 댄 지 몇 년
이 된 지 모를 정도로 까마득했다. 그렇지만 담배만은 끊지 못했
다. 가끔 무너져 내릴 것 같은 창수의 마음을 달래주는 유일한 동
반자였다. 하지만 그런 창수의 맘을 아는지 모르는지 동하는 아빠
에게서 나는 담배 냄새가 싫다는 말을 자주 해댔다.

● 2011년 겨울

"저희로선 해드릴 게 없습니다."
"그럼 항암 치료가 뭔가 하는 것도 어렵다는 건가요?"
"사실대로 말씀드리자면, 치료할 수 있는 시기가 지나버렸습니
다. 이런 말씀밖에 못 드려 죄송합니다."
"아닙니다, 아닙니다. 선생님께서 저에게 죄송할 일은 아니라고
봅니다. 제 몸뚱이 하나 제대로 관리 못 한 제 탓인 게죠. 그런데

선생님······"

"네, 말씀하십시오."

"혹시 산다면 얼마나 살 수 있겠습니까?"

"······ 길어야 일 년 정도입니다."

"······ 더 빠를 수도 있다는 얘긴가요?"

"네, 그렇습니다. 조금씩 주변 정리를 하시는 게······."

애써 웃으려했지만 창수의 얼굴은 점점 굳어만 갔다.

'이렇게 가는 건가? 정말 이대로 떠나는 건가? 그럼 핏줄 하나 없는 우리 동하는 어떻게 해야 하나? 이렇게 우리 아들을 두고 떠나면 안 되는데······'

복잡한 심경으로 창수는 약속장소에 도착했다. 늦지 않았건만 상대방의 커피 잔은 빈 잔으로 남아있었다. 온 지 한참 된 듯 보였다.

"바쁘실 텐데, 이렇게 시간 내주셔서 감사합니다."

"아닙니다, 무슨 말씀을요. 고객님이 찾으시면 찾아뵙는 게 저희의 당연한 의무인데요, 뭘."

허름한 겨울외투를 벗어 창수는 옆 빈 의자에 걸쳤다.

"뭘로 드시겠습니까?"

"같은 걸로 시켜주십시오."

"저야 하루 종일 커피를 입에 달고 살지만, 그래도 어르신은 카페인이 좀 덜한 녹차를 드시는 게 어떻겠습니까?"

가벼운 목례로 답을 대신했다.

창수는 김이 모락모락 피어오르는 찻잔을 두 손으로 감싸 쥐고, 후후 불어가며 차를 들이켰다. 온몸으로 알싸하게 퍼져가는 따뜻한 차 기운이 너무 좋았다.

"어르신, 그런데 갑자기 보자고 하신 이유라도 있으신지요?"

"아…… 다른 게 아니라 제가 지금 가입하고 있는 보험 있잖습니까?"

"네, 두 종류의 보험이 있죠, 어르신 앞으로 되어 있는. 하나는 종신보험, 다른 하나는 상해보험이구요."

"그럼 죄송한 말씀이지만 제가 혹 사망하게 되면 제 아들 앞으로는 얼마나 나오게 되는 겁니까?"

"갑자기 그런 말씀을 하시니 제가 좀 당황스럽긴 합니다만, 그래도 물어보시는 것이니 말씀드리겠습니다. 많지는 않지만 한 이천 정도 나옵니다. 그런데 그런 얘기를 꺼내시는 이유가……."

"아, 아닙니다. 궁금해서 그냥 여쭤보는 겁니다. 질문 하나 더 해도 되겠습니까?"

"네, 그러십시오."

"제가 병원에 입원하면 보험회사에서 치료비는 나오나요?"

"네, 상해보험 자체가 실비가 보장되는 보험이니까, 병원에서 치료를 받는 동안 병원비는 물론 간병비까지 혜택을 보실 수 있습니다.

"그럼, 마지막으로 부탁 하나 해도 되겠습니까?"

"네, 어르신."

"제가 혹 잘못돼 사망하게 되면 사망보험금은 개월로 쪼개, 제 아들에게 주었으면 합니다."

"그 이유가?"

"나이가 많지 않아 스스로 돈을 관리하는 데에 무리가 있을 듯해서요."

"네, 어르신 잘 알겠습니다만…… 그런데 계속해서 우울한 얘기를 꺼내시는 연유를 여쭤봐도 되겠습니까?"

"허허, 뭐 특별한 게 있겠습니까. 나이가 들다 보니 이래저래 걱정되는 게 많아져서 그렇지요. 제가 부탁한 약속만은 꼭, 잊지 말아 주셨으면 합니다."

"네에, 잘 알겠습니다."

배는 삼학도 앞바다 한복판에 멈춰 섰다.

"범석이?"

"그래, 말해보게."

"자네하고 목포 앞, 이 바다에서 한 번쯤은 꼭 낚시하고 싶었네."

"무슨 실없는 소리를 그렇게 하는가. 이 한겨울에 낚시라니. 내가 보기엔 하고 싶은 말이 따로 있다고 얼굴에 딱 써 있구만."

"허허, 그렇게 티가 나나?"

"그걸 말이라고 하나. 지금은 이렇게 떨어져 있지만, 자네하고 친구로 지내온 세월이 얼만데 그것도 모른단 말인가."

"그래도 자네가 나에 대해 모르는 게 있지 않을까 싶네."

"설마, 내가 자네를 모를라고."

"범석이…… 그게 말일세……"

"어서 말해 보게."

"……사실, 내가 얼마 전에 췌장암 말기 진단을 받았네."

"뭐라고 했나? 그게 무슨 날벼락 같은 소린가?"

"나도 몰랐네. 계속 살이 빠지고 소화가 잘 안 되는 것 같아 동네 병원을 찾았었네. 그런데 병명을 잘 모르겠다고 하더군, 큰 병원으로 한번 가보라고 하면서. 그래서 다시 큰 병원을 찾았었네. 하지만 그곳에서도 조직검사를 해봐야 자세한 병명을 알 수 있다고 하드라구."

깊은 한숨을 내쉰 뒤 창수는 계속 말을 이었다.

"그렇게 조직검사를 받은 후 일주일이 지나자 병원에서 한번 들르라고 하더군. 그래서 갔더니…… 췌장암 말기라고……"

창수가 어렵게 꺼낸 말을 듣고, 범석은 한동안 할 말을 잃었다. 눈물만이 주책없이 흘러내렸다.

"너무 슬퍼 말게. 세상사, 인생사 다 그런 게 아니겠나. 그나저나 걱정되는 게 있네."

"……"

고개를 끄덕이는 걸로 범석은 대답을 대신했다.

"그게 말일세. 내 아들이 눈에 밟혀 편하게 못 갈 것 같네. 그래서 염치불구하고 자네에게 부탁하러 이렇게 여기까지 왔네. 한 번도 보지 못했을 거네만, 예전에 내가 입양해 들인 아이가 있다고 하지 않았나.”

“그랬었지. 아마 그 애가 지금은 많이 크지 않았나?”

범석은 마음을 조금 추스른 듯 보였다.

“그래, 내년이면 벌써 그놈이 중 2가 되네. 세월 참 빠르지. 그런데 그 애가 크도록 내가 해주지 못한 게 하나 있네. 지금까지 애비 노릇도 번듯하게 못했지만 그보다도 장애가 있는 애를 치료 한 번 제대로 못 해줬단 말일세. 내가 이리 빨리 가게 될 줄은 모르고……. 그간 애 수술을 위해 모아둔 돈이 조금 있네.”

쓸쓸하게 웃으며 창수는 범석에게 통장 하나를 건넸다.

“이 돈이면 수술할 수 있지 않을까, 싶네. 아들놈이 수술할 때 누군가 옆에서 지켜봐 주는 것도 필요하지만 혹여 돈이 부족할지도 몰라 이리 자네에게 부탁하는 걸세.”

“…… 그래, 알았네. 수술을 하려면 얼마가 드는지 모르겠지만 자네 아들 수술비는 내가 알아서 처리함세. 너무 걱정 말게.”

숨이 가쁜지, 크게 숨을 몰아쉰 뒤 창수는 말을 이었다.

“부탁 하나 더해도 되겠는가?”

“그래, 말해보게.”

“내가 죽거든, 이곳에 뿌려줬으면 하네.”

“왜? 제수씨 곁으로 안 가고?”

“자네도 알겠지만 해미 엄마에게 갈 염치가 있어야지. 하나 있던 딸자식도 건사하지 못했는데……”

“……”

뺨을 타고 흘러내리는 눈물을 범석은 연신 손으로 훔쳐냈다.

"그만 울게. 이렇게 화창한 날에 자네에게 우울한 얘기를 꺼내서 미안하고, 또 부탁만 해서 미안하네."

"……아니네. 자네가 나 때문에 고생한 것에 비하면 나는 그간 아무것도 해준 게 없는데 무슨 말을 그리 하나."

그렇게 둘은 오랜만에 만난 회포를 눈물로 풀어내고 있었다.

🌑 2012년 여름 ~ 초가을

"동하야?"

"……"

"아빠가 이렇게 아파서 미안하구나."

"……"

"요즘 점점 더 안 좋아지는 것 같아 검진 받았던 병원에 혹 아는 요양병원이 있냐고 물었다. 그랬더니 경기도 양평에 좋은 요양병원이 있다고 하면서 그리로 가는 게 어떻겠냐고 하더라. 산 밑이라 공기도 무척 좋아 요양 장소로 괜찮을 거라고 하면서. 그래서 거기도 좋긴 하겠지만 서울 근교 쪽으로 한번 알아봐달라고 했다."

'멀리 있자니 니가 걱정되는구나'라는 말을 창수는 차마 내뱉지 못했다.

순간 극심한 고통이 밀려왔다. 얼굴이 일그러졌다.

"119 불러요?"

창수는 "……아니다"라고, "…… 괜찮다"고 했다.

동하는 아버지의 그런 태도가 싫었다. 이번뿐만이 아니었다. 매사에 아버지는 늘 있는 그대로를 동하에게 보여주지 않았다. 친구들과 싸워 학교에서 보호자 호출을 받았을 때도, 동네 문구점에서 물건을 훔치다 걸려 경찰서에서 보호자 호출을 받았을 때도 아버지는 동하 자신을 나무라지 않았다. 그게 동하는 싫었다.

"동하야, 여긴 간병인이 있으니 너무 신경 쓰지 말아라."

'이 상황에서 아버지가 할 얘기인가? 아들이 아버지를 신경 안쓴다. 그게 할 말이라고 아버지는 생각하는 걸까?'

배배 꼬여도 어지간히 꼬였다. 사춘기에 접어들어서였다고 볼 수도 있었으나 동하는 여전히 아버지를 탐탁지 않아 했고 반항적으로 대했다. 새삼 아버지 때문에 놀림을 받았던 지난날들이 자꾸만 떠올랐다. 그리고 지금, 학교를 파하면 곧장 아버지에게 달려와야만 하는 현실이 동하는 당최 못마땅했다.

"동하를 불러줬으면 합니다."

그러곤 창수는 창밖을 내다봤다. 가을이 다가옴을 느낄 수 있었다. 얼마 전까지만 해도 은행잎들이 초록으로 물들어 있었다. 그런데 벌써 노란빛을 띠기 시작한 것이다. 몸도 으슬으슬했다. 여름이 지나가고 있음을 몸이 느끼는 건지, 몸 상태가 더 안 좋아진 건지 창수는 알 수 없었다.

"⋯⋯아들, 왔구나."

아들? 아버지가 동하에게 아들이라고 부르는 건 처음이었다. 동하는 느낌이 좋지 않았다.

● 2012년 가을

"갈치야?"

"네, 형님."

"니도 그쪽에서 손 뗀 지 꽤 됐지?"

"네, 이제 저도 한 이십 년이 넘은 것 같습니다요."

"벌써 그렇게 됐냐? 그래도 혹시 밑에 놈들하고 교류는 하냐?"

"제가 아는 놈들도 손 뗀 지 꽤 되긴 했지만, 아직까진 그쪽 애들이랑 연줄이 닿을 겁니다."

"그럼, 부탁 하나 하자."

"뭡니까, 형님?"

"니 예전에, 내가 부산에서 원양어선 탈 때 말이다. 그때 내 친구 놈 기억나냐?"

"네, 기억하죠. 창수 형님이라고 하시지 않았나요?"

"그래. 용케도 기억하고 있네."

"그 형님한테 무슨 일이라도 있습니까?"

"그래, 그 친구 놈이 어제 이승과 고별을 했다."

"......"

"내가 장례식장에 가봐야 하는 게 맞는데, 난 여기서 그 친구 놈을 만날까 해. 그 친구가 작년 겨울에 와 자기를 여기 앞바다에 뿌려달라고 했거든."

"그렇게 하시죠. 몸도 불편하신데."

"그건 그렇고, 갈치야?"

"네, 형님 말씀하십시오."

"애들 좀 서울로 올려 보냈으면 한다. 대신 교육 좀 시켜 보냈으면 좋겠고. 장례식장을 너무 살벌하게 만들지 말라고. 그 친구 놈이 친척이 없어. 아들 하나가 있긴 한데 너무 어리기도 하고. 해서 장례식장이 너무 설렁할까 봐 너한테 이리 부탁하는 거다.

"예. 명심하겠습니다, 형님."

"시간이 벌써 이렇게 되었구나. 뭘 제대로 먹지도 못해 많이 배가 고프겠구나. 어린 너를 두고 내가 주책없이 주저리주저리 떠들었나보구나."

은으로 도금했다지만 강한 햇볕에도 번쩍거림이 없는 낡은 시계를 쳐다보며 아저씨는 말했다. 오후 다섯 시. 긴 시간 동안 동하에게 얘기한 게 못내 미안한지 그는 서둘러 집으로 돌아가자고 했다. 동하는 말이 없었다. 아저씨가 다시 배를 몰아 육지로 돌아가는 내내 뱃머리에 앉아 불어오는 맞바람을 온몸으로 받아내고 있을 뿐이었다.

저녁 식사를 마친 후, 네 아버지도 이 방에서 하룻밤 묵고 갔다고 하며 아저씨는 동하의 이부자리를 봐주었다. 아버지는 좋은 곳으로 갔을 터이니 너무 슬퍼하지 말고 푹 쉬라는 말도 건넸다. 오랫동안 빈방으로 있었다고 했으나 방은 꽤 깔끔했다.

동하는 잠이 오지 않았다. 아버지에 대한 얘기와 자신에 대한 얘기가 더 있을 텐데, 아저씨가 하지 않은 것 같았다. 방문을 열고 밖으로 나갔다. 아니라 다를까 아저씨도 잠이 오지 않았던지 마당에 우두커니 서서, 하늘을 보며 담배를 피워 물고 있었다.

"아저씨?"

동하의 부름을 예상이라도 했다는 듯.

"너도 잠이 안 오는가 보구나?"

"네."

"아버지를 보내는 게 어린 너에게 참 힘든 일이지만 앞으로 아버지를 생각해 열심히 살아야 되지 않겠냐?"

"네. 그런데, 아저씨 궁금한 게 있어요."

"그래, 말해 보거라."

"아버지에 대한 얘기와 저에 대한 얘기를 다 하지 않으신 것 같아서요."

"음…… 그건 꼭 말하지 않으려고 한 것은 아니다. 단지 모르는 게 약이 될 수도 있다고 생각해, 더 이상 얘기를 꺼내지 않았을 뿐이다."

"궁금합니다. 얘기 안 하신 부분이……"

"그래…… 그럼 마저 이야기를 해야겠구나."

🌑 1998년 겨울

새벽 3시경. 웽웽웽, 웽웽웽, 현장에 싸이렌 소리가 울려 퍼졌다. 그리고 삼십 분쯤 지났을까, 또다시 펑, 펑하더니 우르르 쾅!쾅! 이번엔 어마어마한 굉음이 현장을 덮쳤다. 곧이어 현장에 도착해 있던 구급차는 네 명만을 실은 채 황급히 그곳을 빠져나갔다.

날이 밝도록 붕괴현장 수색은 계속되었다.

신정동 LPG가스폭발사고로 다가구주택 화재 발생 이후 붕괴. 현재까지 사망 세 명, 생존자 한 명, 매몰 현장에서 추가 생존자 확인 중

당일 아침, 언론에서도 신정동 다가구주택 가스폭발사고를 대대적으로 보도하고 있었다. 가스폭발사고가 연이어 발생했음에도 불구하고 정부의 안이한 대책으로 또다시 가스폭발사고가 발생했다고 정부를 힐난하면서.

당시 화재진압을 위해 출동한 소방서측 진술에 따르면, 다가구주택이 붕괴되기 직전 3층에 살고 있던 집주인, 노부부는 무사히 구조

되었고, 2층 세입자는 친척집에 제사가 있어 집을 비운 게 확인되었다고 했다. 하지만 1층에 살고 있던 부부 내외와 그들의 딸은 구조된 즉시 병원으로 후송돼 치료를 받았음에도 연기 과다 흡입에 의한 질식사로, 오늘 아침 사망 판정을 받았고, 첫 폭음과 함께 불길이 시작되었다고 판단된 반지하층의 경우 현재까지 확인된 바가 맞는다면 생존한 갓난아이를 뺀 일가족 세 명이 현장에 매몰되어 있을거라 했다. 거기에 자신들의 동료까지도 말이다.

이러한 단순 사실만을 실은 일간지들의 보도와 달리, 다음날 한이름 없는 잡지에 당시 반지하층에 투입되었던 한 소방대원의 이야기가 실렸다. 그의 말을 빌자면, 당시 상황은 절박함 그 자체였다.

소방차가 도착해 소방수를 뿌려대도 좀처럼 불길은 수그러들지 않았습니다. 계속해서 소방수에 의존할 수만은 없었습니다. 생존자들을 한 명이라도 더 구출해야 했습니다. 바로 소방대원 몇몇이 활활 타오르는 불길을 뚫고 반지하층, 1층, 2층, 3층으로 투입되었습니다. 불길이 시작됐다고 판단된 반지하층에 제가 들어갔습니다. 불길을 피하고 자욱한 연기를 양팔로 내쫓으며 반지하층 곳곳을 수색해 나갔습니다.

방 쪽으로 기억됩니다. 뿌연 방독면 앵글 속으로 잔뜩 웅크리고 있는 한 여인이 들어왔습니다. 가스 폭발 충격이 꽤 컸던지 그 여인 주변에는 깨진 벽돌들이 널브러져 있었습니다. 지체할 시간이 없었습니다. 그 여인을 어깨에 둘러메고 바로 밖으로 뛰쳐나가려 했습니다. 그런데 그 여인이 감싸 안고 있던 이불 안에 무언가가 있는 듯 보였습니다. 이불을 들춰 봐야 할 것 같았습니다. 그랬더니 아뿔싸, 이불 안에는 젖을 뗀 지 얼마 안 돼 보이는 갓난아이와 서너 살쯤 돼 보이는 아이 하나가 엎어져 있었습니다. 가스 폭발로 인해 외벽 일부가 무너지자 어머니가 본능적으로 자신의 자식들을 감싸 안은 겁니다.

순간 갓난아이부터 구해야겠다는 생각이 들었습니다. 어쩔 수 없이 그 여인을 다시 내려둔 채 갓난아기만을 안고 필사적으로 밖을 향해 뛰었습니다. 그렇게 건물 밖으로 나와 다른 소방대원에게 갓난아이를 건넨 후 다시 반지하층으로 들어가려 했습니다. …… 그런데 펑, 펑, 우르르 쾅쾅, 고막을 찢는 듯한 굉음과 함께 다세대주택이 활화산처럼 검은 먼지를 내뿜으며 무너지고 만 겁니다. 층별로 남아있던 가스통들이 아마도 강한 열기를 견디지 못하고 추가적으로 폭발한 듯 보였습니다. 주변은 순식간에 아수라장이 돼버렸습니다. 그리고…… 안타깝게도 주택 안으로 투입됐던 저희 동료도 밖으로 나오지 못했구요…….

현장수습은 모두 끝났다. 반지하층에서 구출된 갓난아이를 뺀, 일가족과 현장에 뛰어들었던 소방대원 한 명이 숨을 거둔 것으로 확인되었다. 1층에 남은 가족이 더 있나 살펴보겠다고 다시 1층으로 들어갔던 소방대원은 계단 쪽에서, 일가족 중 아이 아빠는 거실 쪽에서, 엄마와 누나는 그 아이가 있던 방 안에서 주검으로 발견되었다.

"아이를 받아주신다니 저희로선 감사할 따름입니다." 신정동 다세대주택 화재 때 불길을 진압한 관할 지역 소방서 서장이 수녀원 원장에게 그때 구출한 아이를 건넸다.

아이는 하얀 보자기에 싸여있었다. 입에는 젖병을 문 채.

"당연히 그렇게 해야지요. 불의의 사고로 고아가 된 아이 아닙니까." 수녀원 원장은 안타까운 눈빛으로 아이를 보며 말했다.

"그럼, 저희는 원장님만 믿고 돌아가겠습니다." 아이가 커가는 모습을 보기 위해 가끔 찾아오겠다는 말을 남긴 채 서장과 소방대원들은 뒤돌아섰다.

아이가 맡겨진 곳은 서울 모 지역에 위치한 천주교재단에서 운영하는 보육원이었다. 보육원은 성당 안에 자리 잡고 있었다. 수녀원 원장이 이름 없는 잡지에 실린 기사를 보고, 당시 화재 진압을 했던 소방서에 직접 연락을 취한 것이었다. 아이가 친인척이 없다면 본인들이 받아 돌봤으면 한다고 하면서.

그때 그 갓난아이는 생후 4개월째에 접어들고 있었다.

● 2001년 겨울 ~ 2002년

"He is a pretty boy. What's his name and how old are you(예쁜 아이군요. 이름과 나이는요)?"

"He is Dong-ha. three years old(동하라고 합니다. 세 살이구
요)."

"Well, why walking is unnatural(그런데, 왜 걷는 게 부자연스
럽죠)?"

"Ah, foot is uncomfortable(아, 발이 좀 불편합니다)."

"Let me take a look at it(어디 한번 볼 수 있을까요)."

한 수녀가 동하의 조그마한 발에 앙증맞게 신겨진 양말을 벗겨냈
다.

"Oh, my god(이럴 수가)!"

그랬다. 동하는 선천적으로 장애를 안고 태어났었다. 발가락이
심하게 짧았다. 그것도 양쪽 발가락 모두가. 언뜻 보면 발가락이
있나, 싶을 정도로 발끝은 뭉툭했다.

"저 아이는 여기 들어온 지 꽤 된 것 같은데, 데려가는 사람이 아
직도 없나요?"

"네, 그렇습니다. 애는 참 똘망똘망하고 잘 웃고 붙임성 있어 어
디를 가더라도 잘 적응하고 예쁨을 받을 것 같은데, 지금까지 데려
가겠다고 하는 사람이 없습니다."

"원장 수녀님?"

"네."

"지난봄에 하려 했던 얘기를 지금 해도 될까요?"

"물론입니다. 그렇지 않아도 뭘까, 하고 궁금했었습니다."

"…… 송구스러운 말씀이지만 …… 제가 아이를 하나 데려가서 키웠으면 하는데…… 괜찮을까요?"

"홍 선생님께서요?"

"네. 사실 여기에 처음 왔었을 때에는 아이들이 모두 예뻐, 아무 아이나 한 명 입양해 키워보고 싶다는 막연한 생각을 했었습니다. 그런데 이곳을 드나들고 난 이후부터는 꼭 입양하고 싶은 아이가 생겼습니다. 저 아이입니다."

창수는 검지로 한 아이를 가리켰다. 얼마 전 외국인이 입양을 거부했던 바로 그 아이. 원장 수녀가 참 똘망똘망하고 잘 웃고 붙임성 있다는 그 사내아이.

"참 예쁘고 귀엽다는 생각이 들어 내가 입양해 키우면 어떨까, 하고 생각했었습니다. 하지만 다른 한편으론 아이들을 입양하러 이곳에 오는 사람들은 가정형편도, 마음도 좋은 분들이라서 그분들이 저 아이를 입양해 키우면 더 좋지 않을까, 하는 생각도 했었습니다. 그래서 한동안 마음을 접었드랬습니다. 그런데 계속해서 저 아이가 눈에 밟히는 겁니다. 또 지금까지 입양하겠다고 한 사람도 없다고 해, 다시 맘을 바꿔먹게 된 겁니다."

"그러셨군요. 하긴 저 아이와 비슷한 시기에 여기 들어왔던 아이들은 이미 다들 입양돼 새로운 가족을 만났습니다. 그런데 저 아이만 저렇게 덩그러니 여기에 남아있으니 저희로서도 안타까운 일인 게죠."

"저 아이 이름이 어떻게 됩니까?"

"동하라고 합니다. 당시 출생신고가 돼 있어 저희도 알 수 있었답니다."

"예쁜 이름이군요. 아무튼, 수녀님 제가 드린 얘기를 한번쯤 고려해주셨으면 합니다."

"네, 알겠습니다. 여기 계시는 수녀님들과 한번 의논해보도록 하겠습니다."

며칠이 지난 후 창수는 보육원을 다시 찾았다.

"솔직히 말씀드리자면, 보육원 아이들을 돌보는 저희 수녀님들 대부분이 반대했었습니다. 동하가 어려 엄마 손길이 한창 필요할 시긴데 홍 선생님께 맡기는 게 맞냐,는 것이었습니다. 그래서 제가 수녀님들께 말씀을 드렸습니다. 아빠, 엄마가 모두 계시는 곳에 동하가 입양되는 것도 좋지만 아이를 따뜻하게 보살펴줄 수 있는 분에게 동하를 보내주는 것도 괜찮다고 말이죠. 또 저희는 앞으로도 계속 고아들을 받아야하기에 동하를 마냥 데리고 있을 수만은 없다고도 했습니다. 오랜 시간 동안 보아온 건 아니지만 전 홍 선생님을 믿습니다. 그간 남모르게 저희 보육원에 기부해주시는 것만 보더라도 홍 선생님이 어떤 분이신지 가늠이 되니까요. 잘 보살펴주시리라 믿으며 동하를 홍 선생님께 맡기도록 하겠습니다."

"고맙습니다, 원장 수녀님, 저에게 가족을 만들어주셔서. 부유한 가정처럼 동하에게 많은 것을 해주지는 못하겠지만 잘 키워보도록 노력하겠습니다."

동하를 업고 집으로 왔다. 그렇게 동하와 창수는 한 식구가 되었다. 하지만 집에 오기까지 우여곡절이 있었다. 동하는 창수에게 오는 걸 완강히 거부했었다. 원장 수녀님에게 붙어, 울며 떨어지지 않으려 했다. 그런 동하를 보며 원장 수녀님도, 수녀님들도 눈물을 멈추지 못했다. 마음을 추스른 후 원장 수녀님이 동하를 타일렀다. 이제 너희 집으로 가는 거라고. 아빠가 널 데리러 온 거라고. 영영 헤어지는 게 아니라 내일 다시 볼 수 있다- 창수는 딱히 동하를 맡길 곳을 찾지 못해 당분간 다시 성당 보육원에 동하를 맡기기로 한 것이다-고. 어린 동하지만 그 말을 믿지 않는 눈치였다. 어느 날 갑자기 자신에게 아빠가 생겼다고? 그럼 아빠는 지금까지 왜 나를 찾지 않은 거냐고? 물론 이 상황을 동하는 커가며 까마득히 잊어버릴 것이다.

동하에게 뭘 먹여야 할지 몰랐다. 밥상을 차려 내오긴 했다. 밥은 된장국에 말았고, 동하가 좋아할 것 같아 계란프라이도 했다. 밥 한 숟갈을 떠 먹여주려 했다. 하지만 동하는 머리를 돌려버렸다. 그 모습을 보고 창수는 화가 나기보다 가슴이 아파왔다. 부모가 온전히 살아있었더라면 널 얼마나 애지중지하며 예뻐했을까? 하는 생각이 들어서였다.

결국, 먹지 않은 채 동하는 잠들어버렸다. 동하에게 이불을 덮어주며 창수는 많은 생각을 했다. 부질없는 욕심을 부린 건 아닌가? 입양이 늦어지더라도 더 좋은 사람이 나타나서 동하를 데려갈 수 있도록 기다려야 했던 건 아닌가? 난 이 아이를 정말 무탈하게 잘 키워낼 수 있을까? 동하는 크면서 자신의 출생 비밀을 알려고 하지 않을까?

그러다 창수도 동하 옆에서 까무룩 잠이 들고 말았다.

- 고맙습니다.

창수는 깜짝 놀랐다. 검게 그을린 한 여인이 흐느끼며 말하고 있는 것이다.

- 저희 동하를 이렇게 거둬주시고, 저로선 고마울 따름입니다. 이제 맘 편히 떠날 수 있을 것 같습니다.

- 누구신지요?

- 불쌍한 우리 아이 잘 부탁드리겠습니다. 이 은혜 잊지 않겠습니다.

누구냐는 창수의 물음에, 그 여인은 다시금 동하를 잘 부탁한다는 말만 남긴 채 뒤돌아 유유히 사라졌다.

눈이 번쩍 뜨이고 나서야 꿈이란 걸 알았다. 왠지 몸이 뻐근했다. 뒤돌아서서 사라지는 여인을 부르며 쫓다가 돌부리에 걸려 넘어진 탓일까? 창수는 그 여인을 한 번도 본적이 없었다. 하지만 직감으로 알 수 있었다. 동하 엄마란 걸.

'얼마나 걱정이 됐으면 내 꿈에서까지 나타나 신신당부하고 간 것일까.'

아파트 근처에 어린이집이 들어섰다. 성당 보육원에서 낮 동안 동하를 돌봐준 지 일 년이 되던 때였다. 창수는 그동안 신세가 많

앉다며 원장 수녀님께 감사를 표하고, 동하는 이제 어린이집에
맡기겠다고 했다. 경비원 급여가 많지는 않지만 어린이집 비용
정도는 감당할 수 있다고도 했다. 원장 수녀님은 이젠 정말 동하
가 떠나는구나, 생각하니 가슴이 미어진다고 했다. 가끔 동하를
데리고 놀러올 테니, 너무 섭섭해하지 마시라는 말로 헤어짐을
고했다.

처음 가 보는 어린이집임에도 동하는 적응이 빨랐다. 그도 그럴
것이 발이 불편한 동하를 두세 살 터울인 형, 누나들이 잘 챙겨주
었기 때문이었다. 동하가 해맑게 웃는 날들이 늘어가고 있었다.

🌸 2012년 가을

그렇게 삼학도 앞 바닷가에서부터 시작된 아버지와 동하 자신에
대한 얘기는 아저씨 집에서까지 이어지고 난 후 끝이 났다. 아저씨
가 나간 후, 동하는 펼쳐진 요에 모로 누워 아버지를 다시 떠올렸다.
뜨거운 무언가가 눈을 잠시 감싸더니 왈칵 쏟아졌다.

'그런 아버지였구나. 나의 친아버지가 아니었음에도…… 친아들
처럼 나를 키우셨구나.'

2014년

고등학생이 되었건만 이 년 전 아픔은 동하의 가슴을 여전히 먹 먹하게 했다. 잊으려고 애도 써봤다. 하지만 그러면 그럴수록 아버 지에 대한 그리움은 깊어만 갔다. 시간이 약이라면 더 흘러가야 했 고, 아버지의 빈자리를 대신해줄 수 있는 사람들이 있다면 그들과 더 자주 어울려야 했다.

고등학교 생활은 동하가 걱정했던 것과는 많이 달랐다. 친구가 없을 거라는 동하의 우려를 말끔히 씻어내 주었다. 중학교 생활에 비하면 천국이랄까? 동하를 손바닥 위에 올려놓고 고아, 병신이라 며 혀를 놀려대던 애들도 고등학교에선 없었다. 친구들이 손을 먼 저 내밀어주었고 아낌없이 베풀어주었다. 등교가 늦은 날에는 동 하를 위해 뛰지 않았고, 동하가 미처 도시락을 싸 오지 못한 날에 는 자신들의 도시락을 아낌없이 내어주었다.

"니들 고등학생 됐다고 쓸데없는 것 보지 말아라, 알아들었냐?"

"선생님, 무슨 말씀하시는지 전혀 못 알아듣겠는데요. 쉽게 말씀 해주십시오."

광식이 말에 반 아이들이 킥킥거렸다.

"짜식이, 뭘 몰라? 니 좋아하는 거 말이다. 니가 억수로 좋아하는 거."

다시, 반 아이들이 킥킥댔다.

"엊그제 선생님이 영화를 하나 봤다. 참 좋은 영화더라. 어르신들의 아름다운 사랑이자 삶에 대한 감동적인 이야기다. 너희들이 관심 없어 하고, 우리와는 상관없는 얘기다고 할 수도 있겠지만 너희들도 언젠가는 다 늙는 것이니 재미없다고만 생각하지 말고, 꼭 한번 봐라."

"선생님, 저희는 이제 고등학생인데요? 늙으려면 한참 있어야 하는데, 그래도 봐야 합니까?"

"광식아, 시끄럽고 꼭 한번 봐라. 알아들었지, 광식아? 쓸데없이 야동이나 보다가 걸리지 말고."

"선생님…… 아, 그 얘기는 안 하시기로 약속하셨잖아요……"

광식의 얼굴은 붉으락푸르락해졌고, 반 아이들은 박장대소했다.

"'님아, 그 강을 건너지 마오'라……. 동하야, 그냥 노인들 얘기 같은데 재미나 있겠냐?"

"그래도 선생님이 추천해준 영환데, 가슴에 와 닿는 무언가가 있겠지."

"하여튼 우리 담임은 요즘 우리들의 트렌드가 뭔지도 모르는 건 둘째 치더라도, 센스도 없고 재미도 없고. 그런 담임하고 우리가 함께하고 있다니 우리 인생이 참 암울하다, 암울해. 그렇지 않냐, 동하야?"

"야, 영화 시작해. 조용히 좀 해."

"광식아?"

"……."

"광식아, 영화 끝났다, 가자 인마."

"……."

"광식아? 너 우냐? 짜식이, 아까는 별 쓸데없는 영화를 선생님이 소개시켜줬다고 하면서 입에 게거품을 물고 일장연설을 늘어놓더니만, 지금 우는 거냐? 에라, 머저리 같은 놈. …… 하기야 나도 감동 먹고 울컥했다마는……."

명절이었을 것이다. TV에서 다큐멘터리 영화를 방영해주었다. '워낭소리'였던 걸로 동하는 기억한다. 그때 아버지는 눈물을 참 많이 보이셨다. 그러곤 영화라는 것에 대해 얘기를 꺼내셨는데, 다시 태어난다면 꼭 영화감독을 해보고 싶다고 했다. 그때, 아버지가 참 뜬금없는 이야기를 하고 있구나, 동하는 생각했었다. 아마 지금도 그렇게 생각하고 있었을 것이다, 아저씨가 들려준 아버지의 또 다른 가족 얘기가 없었더라면.

2016년 초겨울

밖은 꽤 어수선했다. 수능에 정신이 팔려있던 동하가 느낄 정도였으니 말이다. 요 근래에 '촛불'이라는 단어가 자주 등장했다. 또

'탄핵'이라는 말도 자주 회자되었다. 그것들에 대해 친구들끼리 얘기하는 날도 부쩍 늘었다.

야간자율학습 때였다.

"동하야, 요즘 왜 그리 많은 사람들이 광장에 모이는지 아냐?"

"잘 모르겠는데……"

"짜식이. 역시나,구나. 내가 여기저기서 떠들어대는 얘기를 들어보니까, 요즘 대통령 때문에 말들이 많다고 하더라. 심지어 우리같은 또래들도 선생님들 모르게 촛불시윈가 뭔가에 동참한다고 하고."

"난 그냥 못 들은 걸로 할란다. 지금 우리는 고3이고, 내일모레면 수능이다. 그런 것에 한눈 팔 때가 아니라고 본다."

"짜식이. 꼭 그렇게 얘기해야만 하겠냐? 세상을 바꾸는 건 어른들만이 하는 것이 아니다. 나라님이 잘못했으면 우리도 목소리를 낼 수 있는 게지."

"배부른 소리 작작하고, 하던 공부나 마저 하자."

처음에 사람들이 왜 촛불을 들고 시위를 하는지 동하는 몰랐고, 또 관심 밖이었다. 그런 동하에게 친구 두 놈이 슬슬 접근해왔다. 소위 공부에 뜻이 없는 놈들이었다. 이번 수능시험만 끝나면 바로 부모에게서 독립해 자취를 할 거라는 둥, 자유의 몸이 되어 여행을 떠날 거라는 둥 마구 떠들어대는 놈들이었다. 하지만 이 부분만을 가지고 그들의 전체를 평가할 수는 없는 법. 하여 굳이 긍정적인 측면에서 그들을 보자면 불의를 보면 못 참는, 극도로 정의감에 불

타는 놈들이라 할 수 있겠다.

자, 그렇다면 그들이 찬바람이 쌩쌩 부는 광장에 나가 과연 촛불을 들었을까?

"동하야, 그럼?"

"왜 또?"

"너 우리랑 용돈이나 함 벌어볼래?"

"그건 또 무슨 얘기야?"

"너 용돈 필요하잖아. 우리가 너 돈 없는 거 다 안다."

"고양이 쥐 생각하고 있네."

"그건 그 고양이가 이상한 고양이고. 아무튼, 그 어수선한 광장에서 돈을 벌 수 있는 방법이 있다는 게지."

"그래서?"

"짜식이. 나의 신중한 발언에 꼭 그렇게 무심하게 대답해야겠냐?"

"그럼, 주절대지 말고 짧고 굵게 얘기해."

"알았어. 누가 그러는데 그곳에 가면 용돈을 벌 수 있다고 하더라."

"누가, 누군데?"

관심 없는 척했지만 필두의 얘기에 동하도 조금씩 마음이 동요되고 있었다.

"누군 누구야, 우리의 희망이자 등불인 광식이지. 엊그제 광식이 놈이 몸이 안 좋아 야자(야간자율학습)를 못하겠다고 하면서 집으로 갔잖어. 근데 알고 봤더니 시위하는 곳에 갔더라고. 근데 거기에 사람이 미어터질 듯이 많더라는 거야. 그리고 정말 중요한 건 그곳에서 요상한 물건들을 파는 사람들이 있었다는 건데……"

"요상한 물건?"

"핫팩, 양초, 방석."

"그래서 그게 어쨌다는 건데?"

"정말 불티나게 팔렸다는 거야. 그래서 내가 옳거니 이거다 싶었지."

"또 허파에 바람 들고, 엉덩이가 간질간질해서 의자에 못 앉아 있겠어?"

"허파는 숨쉬기에도 바쁘고, 엉덩이는 의자에 너무 오래 앉아 있어서 아픈 거지."

"참, 말은 잘해."

"현장을 답사한 사람은 반드시 필요하니까, 광식이는 일단 우리 멤버에 끼워 주는 걸로 하고. 팔 물건을 준비할 놈이 필요한데……"

"누굴 또 꼬실려고 그래."

"나는 보스 격이라 현장을 지휘해야 해서 안 되고…… 그래, 태삼이를 끌어들이자."

"그래, 태삼이가 괜찮겠다. 집으로 봐서는 용돈이 부족할 놈은 아닌데, 우리가 잘 알다시피 어떻게 하면 공부 좀 안 할까, 하고 맨날 머리통을 굴리는 놈이잖아. 글고 그놈아가 말발도 좀 되고."

동의한다며, 필두의 말을 종수가 거들었다.

"솔직히 필두, 니 말대로 하면 용돈은 어느 정도 벌 수 있을 거라 생각은 든다. 하지만 아까도 얘기했지만 수능도 얼마 안 남았고, 성질이 불같은 담임 선생님께 걸리기라도 하면 우릴 그냥 놔둘 것 같으냐? 걸리면 우린 야자가 아니라 벌자(벌 서는 자율학습)를 할지도 몰라."

"동하야, 내가 방안(方案)이 없어서 너한테 이렇게 합세하자고 했겠냐? 우리 영롱하신 담임도 약점은 가지고 계시지. 니도 알겠지만 연세가 있으셔서 초저녁잠이 많으시잖아. 왜 담임이 교실에 없는 줄 알아? 그건 본인은 잘 시간인데 교실에 있으려니 미치는 거야. 우리한테는 눈 부릅뜨고 공부하라고 하면서 자기만 잘 수는 없는 게지. 그래서 맨날 우리한테 자다가 걸리는 놈들은 다 뒈져,하고 엄포를 놓고 자기는 조용히 사라지잖아. 그러곤 반장만 교무실로 살짝 불러내, 자는 놈들 있으면 니가 다 책임지는 거다,라고 한다잖아. 그 사실을 엊그제 나하고 종수랑 확인했지. 땡땡이치면서도 살짝 불안해 교무실로 가봤지. 근데 영롱하신 우리 담임은 세상이 어떻게 돌아가는지도 모르고 꿈나라에 가 계시더라구."

"야, 선생님이 피곤해서 잠깐 눈을 붙이고 계셨는데, 그때 니들이 본 거지?"

"아이고 동하는 좋겠네, 착한 심성을 가지고 태어나서. 좋은 것은 다 지가 꿰차려고 해요, 니들은 나쁜 놈들이니 내가 구원해주마,하는 고귀하신 구세주처럼."

"또 비꼬냐?"

"암튼 동하야, 내일 광장은 우리가 접수하는 거다."

결국, 필두와 종수의 사탕발림을 동하는 거부하지 못하고 달콤하게 삼켜버렸다.

"대통령은 물러나라! 대통령은 물러나라! 이 구호를 외치기 위해 시민여러분께서 꼭 필요한 물품들이 여기에 있습니다. 자, 바람이 쌩쌩 불어도 꺼지지 않는 양초! 그 뜨거운 양촛불에도 절대 타지 않는 종이컵! 이것만 있느냐? 절대 아니죠. 양초가 든 종이컵을 들고 있을 때 손 시림을 덜어 줄 핫팩! 또 양초가 든 종이컵을 들고 일어서 있을 수만은 없는 법! 그래서 이것도 팝니다. 아스팔트 도로의 차가운 기운, 바로 그 냉기로부터 여러분의 엉덩이를 커버해 줄 방석!"

순간, 동하는 태삼이 아버지가 약장사인가 싶었다. 그런 태삼이와 붙임성이 꽤 좋은 광식이와 종수, 그리고 현장을 탁월하게(?) 진두지휘한 필두 덕에 그야말로 물건들은 불티나게 팔려나갔다. 물론 간간이 그들은 "000은 물러나라"는 추임새도 빠뜨리지 않았다.

물건을 다 팔고, 그들은 필두 집에 모였다. TV를 켰다. 동하는 그걸 뚫어져라 쳐다보고 있었다.

그런 동하 옆에서 필두, 종수, 태삼, 광식은 물건을 팔아 번 돈을 세느라 정신이 없었다.

오늘밤 광화문광장에는 수만 명의 시민들이 모여 촛불시위를 벌였습니다. 시위는 평화롭게 진행되었고, 경찰과의 충돌이나 부상자는 발생하지 않았습니다. 자세한 얘기는 현장에 나가있는 000기자를 연결해 들어보도록 하겠습니다.

"야, 봐라, 20만원이나 벌었다. 물건이 부족해서 더 팔고 싶어도 못 판 게 이 정도라니. 물건만 더 있었으면 완전 대박이었는데. 안 그러냐, 동하야? 야! 내말 안 들리냐고?"

동하는 계속 뚫어져라 TV만 쳐다보고 있었다.

다음날 동하는 광화문광장에 다시 나섰다. 이번엔 물건을 팔기 위해서가 아니었다. 그 수많은 사람들과 마찬가지로 동하도 촛불을 들고 있었다. 그건 예전에 아버지가 한 얘기가 가슴 한켠에서 피어올랐기 때문이었다.

"동하야?"

"……"

"사람은 말이다. 자고로 정의롭게 살아야 된다. 삶이 어려워도 하지 말아야 할 것이 있고, 또 남들이 그릇된 일을 저지르고 있으면 다가가 꾸짖을 줄도 알아야 한다. 네가 어려서 아빠 말을 잘 이해 못할 수도 있겠지만, 내 말을 되새겨볼 날이 있을 게다."

"……"

그때 동하는 참, 아버지도 어려운 말씀만 늘어놓으신다,고 속으로 웃고 말았었다. 그런데 지금은 알 것 같았다. 불의를 보면 참지 말라하시던 아버지의 말씀을.

희망

2017년 초봄

스무 살이 되었다. 벗어나지 못할 것 같았던 고등학교 생활도 이젠 끝났다. 작년에 봤던 수능은 성인이 되기 위한 예비관문과도 같았다. 치르고 나니 자유인이 된 것처럼 홀가분했다.

그리고 얼마 뒤, 동하는 작년 겨울에 선생님의 감시망을 피해가며 나갔던 촛불시위와 관련된 당사자에 대한 판결도 있었다는 얘기를 들을 수 있었다.

이제 가봐야 할 곳이 있다. 버스를 탔다. 스치듯 지나가는 창밖 풍경은 파릇파릇했다. 아버지를 보낼 때와는 또 다른 풍경이었다.

'자연은 이렇게 아무 일도 없다는 듯 때가 되면 다시 돌아오는데……'

목포에 도착했다. 하지만 이젠 아저씨도 없다. 작년 가을에 아저씨는 세상을 등졌다. 불의의 사고였다. 자전거를 타고 새벽시장으로 물건을 떼러 가시다 차에 치였다고 한다. 뇌사상태로 일주일을 버티다 가족이 없어 - 아니다, 젊었을 때 낳은 아들이 있었다. 하지만 미국으로 떠난 뒤 연락이 두절됐다고 한다- 친지들 동의하에 인공호흡기를 뗐다고 한다. 생전 고인의 뜻에 따라 장기는 기증됐다.

그만하실 때도 됐건만 아저씨는 굳이 연안슈퍼를 접지 않았다. 낚시하러 온 뜨내기손님들이 종종 슈퍼에 들러 매운탕용 채소와 먹을 간식거리들을 사 간다고 하며 계속해 가게를 열었다고 한다, 의무감에 사로잡힌 사람처럼. 신선한 먹거리를 그들에게 제공해 줘야 한다며 새벽시장에 늘 나갔던 것이 화(禍)를 부른 것이다.

아저씨 장례식에는 못 갔다. 학기 중이라 가지 못했다고 변명 아닌 변명을 자신에게 둘러댔지만, 아버지의 영정사진을 쳐다볼 때처럼 정작 아저씨의 영정사진을 쳐다볼 자신이 없었다.

아저씨가 모셔져 있는 납골당을 물어물어 찾았다. 납골당 안 사진 속 아저씨는 웃고 있지 않았다. 뜻하지 않은 사고 탓도 있겠지만, 영정사진을 미리 찍어뒀던 걸로 비춰 봐, 혹 자신 때문이 아닐까,하는 생각이 동하의 마음을 짓눌렀다. 아저씨 말을 들을 걸. 그때 아저씨 말을 들어줬더라면 영정 속 아저씨는 환하게 웃고 있지 않았을까?

"동하야, 더 늦기 전에 수술을 했으면 하는구나."

"아니에요, 아저씨. 고등학교 마치면 그때 할게요. 지금 생활하는 데에 아무런 불편도 없구요."

"그래도 내가 죽기 전에 니 수술을 꼭 시켜줬으면 하는데……."

"너무 걱정 마세요. 고등학교 졸업하고 나면 내년에는 꼭 할게요."

그렇게 아무렇지 않다는 듯 지난봄 아저씨랑 통화했었다. 후회가 들물처럼 밀려왔다.

연안부두로 갔다. 정박해 있는 배를 빌려 타고 아저씨와 함께 아버지를 보내드렸던 곳을 다시 찾았다. 이쯤인 것 같았다. 아저씨에게 따라주고 반쯤 남긴 술을 종이컵에 가득 부었다. 바다에 비추는 햇살은 예나 지금이나 눈이 부셨다. 그 바닷물에 반사돼 뿜어져 나오는 흰빛은, 촉촉해진 동하의 눈을 한없이 감기게 만들었다.

아버지에 대한 얘기. 그때 아저씨에게 듣지 않았더라면 동하는 아마 평생 아버지를 원망하며 살았을지도 모른다. 왜 나를 장애가 있는 아들로 낳았고, 왜 나를 핏덩이 하나 얽힌 사람도 없는 이 허허벌판에 내몰고 떠나갔는지를.

아버지가 그리웠다. 몇 안 남은 누런 이를 드러내놓고 해맑게 웃고 있던 그 영정 속 아버지, 그가 참으로 그리웠다. 그리고 가끔 그가 흥얼거리던 그의 노래까지도.

언젠간 가겠지 푸르른 이 청춘
지고 또 피는 꽃잎처럼
달 밝은 밤이면 창가에 흐르는
내 젊은 연가가 구슬퍼
가고 없는 날들을 잡으려 잡으려
빈손 짓에 슬퍼지면
차라리 보내야지 돌아서야지
그렇게 세월은 가는 거야

나를 두고 간 님은 용서하겠지만
날 버리고 가는 세월이야
정둘 곳 없어라 허전한 마음은
정답던 옛 동산 찾는가

언젠간 가겠지 푸르른 이 청춘
지고 또 피는 꽃잎처럼
달 밝은 밤이면 창가에 흐르는
내 젊은 연가가 구슬퍼

가고 없는 날들을 잡으려 잡으려
빈손 짓에 슬퍼지면
차라리 보내야지 돌아서야지

그렇게 세월은 가는 거야
언젠가 가겠지 푸르른 이 청춘

지고 또 피는 꽃잎처럼
달 밝은 밤이면 창가에 흐르는
내 젊은 연가가 구슬퍼

– 김창완 '靑春' –

짤막한 에피소드

동하는 영화 관련 학과를 다니고 있다. 살아생전,
아버지가 다시 태어난다면 영화감독이 돼 꼭 한번 만들어보고
싶다던 영화, 마도로스. 동하는 바로 그 영화를 만들어보겠다는
야심찬 희망을 품고, 지금 학업에 열중이다.

이 소설의 구상은 지하철에서부터 시작되었다. 나는 지하철을 타고 출근을 한다. 때문에 나의 의지와 상관없이 이른 아침부터 많은 사람들을 보게 된다. 무거운 가방을 등에 걸친 학생들부터 중년에 접어든 사람들까지. 다양한 연령대의 사람들이 저마다 어딘가를 향하고 있다. 자신과 가족의 생계를 위해 또는 어떠한 목표를 달성하기 위해 지하철에 몸을 실었을 것이다. 하지만 나에게 이들은 무엇을 좇는다기보다는 무언가에 쫓기는 듯해 보였다.

과연 이들의 삶은 평범하고 행복한 것일까?

그래서 쓰고 싶었다. 아니 써야했다. 평범하게 살고자 했지만 평범하게 살지 못한 이를 주인공으로 내세워 쓰고 싶었다. 그렇게 시작된 소설이 바로 '그리울 홍영감'이다.

어찌 보면 그럴 수도 있겠다는 이야기일 수 있지만, 다른 한편으로 보면 주인공이 왜 그리도 어렵게 살아가야 하는가에 대해 궁금해 할 수도 있다. 굳이 얘기하자면 이 책을 읽는 독자들이 나보다 더 어려운 삶을 살아갔던 또는 살아가고 있는 이들이 많다는 걸 느꼈으면 하는 바람과 함께, 이 소설을 읽고 절망적인 삶 속에서도 희망의 끈을 놓지 않는 주인공처럼 독자들도 그렇게 살아가길 바라는 마음에서였다.

아무쪼록 이 글이 세상에 나오게끔 도와주신 깊은샘 박성기 대표님을 비롯한 출판사 관계자 여러분, 그리고 일일이 소개해드리진 못하지만 이 책이 나오기까지 조언을 아끼지 않았던 많은 분들께도 심심한 감사의 마음을 표한다.

끝으로 부족한 나를 곁에서 묵묵히 지켜주는 아내 지연이와 나를 늘 웃게 만드는 두 딸, 이흠이와 이윤이에게 고맙고 사랑한다 말을 전하고 싶다.

그리울
홍영감

초판 인쇄 2020년 6월 1일
초판 발행 2020년 6월 10일

저 자 황훈
펴낸이 박현숙
펴낸곳 도서출판 깊은샘

등 록 1980년 2월6일(제2-69)
주 소 서울특별시 용산구 원효로80길 5-15 2층
전 화 02-764-3018
팩 스 02-764-3011
이메일 kpsm80@hanmail.net

ISBN 978-89-7416-252(03810)

* 정가 13,000원